天狼星 詩作精選

眾星喧嘩

溫任平、李宗舜 主編

代序／天狼星重現：因緣

溫任平

　　成立於一九七三年的天狼星詩社，在八十年代中期，社員長大結婚生子，一切以家庭為重的前提下，面對嚴重的中年危機。一九八九年，詩社終於進入冬眠狀態，眼看天狼星即將步入結業的階段。

　　網絡與智能手機的出現，使不可能的變成可能，扭轉了天狼星入滅的頹勢，網絡／手機／電腦提供了另一個交集／交匯的空間。九十年代一台摩多羅拉售價近馬幣一萬元，網絡才起步，那時要把網絡構築成平臺，不啻天荒夜譚。今天，由於智能手機提供的方便，我因此可在網上談文學、評介詩，提供免費「詩的教育」。我打算推行網絡文學教育一年，看看成效如何；亦藉此證明馬華詩壇除了有每日一詩的李宗舜這個痴漢之外，還有另一個人也在幹著類似的傻事。

　　過去的社友不少聞風而至，新人一個個崛起。有一種熱烘烘的passion在迴蕩，社員重聚，仿似久別的「一家人齊齊整整坐在一起」。天狼星詩社重現文壇不再是個夢。七十古稀要撐起，是否多此一舉？時間是最好的證據。我的左右腰藏匿著六粒十毫米的腎石，這使我先天比別人多了點優勢：我比一般人有分量。

　　要輟筆三十至四十載的社員重新寫作，實在不易。過去受
教的學生，今日連內外孫都有了，同時也牢固了自己的主見與
不見。我很高興人在上海的陳浩源，臺北的洪錦坤，法國的風
客，檳城的戴大偉，金寶的林秋月，安順的吳慶福，聽取我的
建議，每隔三五天寫作一首為詩思保溫。林懷民兩天不練舞，
手腳就欠靈活，高難度的動作做不出來。我想葉問每天與木人
拆招，也是為了保持自己的靈敏度。寫詩的同儕如果秉賦不
差，日詩夜想，創作不輟，誰能斷言他們不會成為馬華詩壇未
來的major poets？工夫與功夫都是練出來的。

　　四個月時間在網絡的潛移默化，為詩社帶進了四位新血，
平均每個月增添一名新人。露凡入社最遲，六月初成為社員，
她只有不足兩週的時間，提昇自己的詩藝。她寫散文多年，一
下子轉攻詩創作，時間緊迫與心理障礙，比入社三個月的大
衛、浩源、慶福恐怕要大許多。她在十多天內把個人詩藝撐桿
跳到與其他寫詩三十、四十載的社友的水平，是個不小的奇
蹟。另一奇蹟是寫詩多年、新近入社的潛默，他把自己欣賞過
的兩百多部中西影片，分別寫成兩百多首電影詩，如此驚人的
表現，理應申報進入健力士世界紀錄。

　　這篇序言究其實只是一篇前言或引言，關於詩社成立之宗
旨，其成長、茁壯、活動、轉型、學習的方式，出版的狀況，
書後附錄出版於一九七九年《天狼星詩選》序文：〈藝術操守
與文化理想〉，鋪敘甚詳，方便讀者、學者自行參照。我能在引
言中評述詩社成員的作品風格與表現嗎？會試試，惟不免以偏概
全，有「到喉不到肺」之憾。囿於文類性質，只能點到為止。

宗舜、建華、大偉情深執著，雖然兄弟姐妹情誼，與男女情愛內涵不同，感情資源一直是他們最重要的內在資源；樹林、川成節奏綿長，兩人都甚留意詞匯片語複奏營造的音樂性；鐘銘、慶福則重視結構，擅於謀篇；啟元、秋月復出後詩風蛻變，多頭探索，目前定論實言之過早；雷似痴以禪入詩，內容比八十年代深邃多變化；錦坤、慶福學佛多年，也有藉詩說禪的類似傾向；風客雖懶，卻有本事揮灑才氣與想像；陳明發讓人物戴上面具「自說自話」（soliloquy），眾聲喧嘩，強化了詩的戲劇性。程可欣的近作是以詩思的逆向操作，營造戲劇性張力。

　　六月份是詩的月份，鄭月蕾虛實更迭，以反高潮為高潮，截稿前的作品，鄭月蕾與程可欣在各自的詩裡那種不在乎、不經意的姿態，成功營造反諷，「後現代主義」（postmodernistic）的色彩呼之欲出；游以飄內在的正反辯證，自成一體；陳浩源詩思縝密，在生活細節裡捕捉詩的精靈，他酒後賦詩，仿似烈火烹油，截稿前的詩篇，思考生命／生活意義。寫作策略悍然「出軌」（deviation），後現代意味強烈。「後現代」並非就高「現代」一籌，「後現代」一詞並無褒貶義，它指出詩的另一種風格與趨尚。許多時候，它顛覆現代詩主流的嚴肅抑且沉重，在詩裡調侃自己、調侃他人，玩輕鬆，底子裡可以同樣嚴肅、敏感與沉重。

　　鄭月蕾、程可欣與露凡均擅於感性流露：鄭程二人均無脂粉氣，後者於花草植物中抒情造境。我是個無可救藥、不知悔改的布爾喬亞，因此大偉、風客、月蕾、可欣、露凡諸社友的

小資情調，我讀得舒服，這無關文學批評，純粹是個人文學
偏嗜。以上所述，都是籠統的概論，讀者細品咀嚼，所獲一定
更多。

這部詩作精選收入二十位詩人近一百七十篇作品，與另一
部以精平裝出版的《天狼星詩選》（一九七九年）比較，七九
年的詩選收錄三十七家詩，《眾星喧嘩：天狼星詩作精選》，
在規模上是小了許多。七九年出現在《天狼星詩選》的詩社同
儕，其中有四人已逝世，三十五載後的二零一四年重現於這部
詩作精選者，只有藍啟元、張樹林、雷似痴、風客、洪錦坤、
林秋月、謝川成加上年紀最大的我，八人而已。扣去逝世的四
人，上一部詩選還健在的三十四個詩人，創作存活率僅剩四分
之一，浪淘盡千古風流人物，真的不是說著玩的。

天狼星重現馬華詩壇，我們組稿分別在南洋商報〈南洋文
藝〉（四版），中國報副刊（兩版），星洲日報〈文藝春秋〉
（三版）在六月份推出三個特輯，這大概是馬華文壇的新記
錄。甲午年的端午節在六月二日，國際詩人節是六月六日，相
隔僅四天。六月是一個美麗的月份，對詩作者意義更是重大。
能在一個月內在三家華文大報推出詩社社員作品特輯，在媒體
高度商業化的今天，是國內華文報章、也是文學團體的一項突
破。冷門的東西也有人在搞，冷門的東西，只要有意義，大馬
華文媒體亦樂觀其成，助吾人一把。

當前學術界有一迷思：覆水難收，趨新若鶩。從個人到
團體，一旦沉寂，即等於沉淪。我對這種「想當然爾」的偽前
提，無法認同（其實我要說的是「嗤之以鼻」）。人生與藝術

都是在跌宕起伏的磨練中淬火，飛金流彩，生命的意義在此，生命的動人處在此。我相信唯勤是岸，我相信火浴的鳳凰。

2014年6月中旬

附錄

李宗舜

作品

變
臉

何時天空換裝

顏色非常難看

進城的螞蟻走得極慢

何時天色包裝

碧藍走入灰暗

煙霧的臺階坐立不安

何時改變氣象

塔尖的指南針

在高樓搖晃夜火

改變自己迷途的方向

何時人心涼薄

食物快速腐爛

變臉侵佔人的劇場

2013年6月21日，莎阿南

一廂情願

——遙寄陳素芳。她說：那兩本書有我一廂情願又從不後悔的青春。

走出煙雨樓臺
悶熱的盆地和格子街道
三十七年歲月像風
隨著燭光滴淚消失

我們趕在嚴冬
搶進棉被過夜
數落星光像等待黎明
那年正好元月有霧
一九七六年早春涼鞋
寫詩的地點：羅斯福路五段
七重天向一座高山朝聖
灑滿初陽的天空

走出煙雨樓臺
那個我思念的燭光臺北
燈下寫詩假裝落淚
其實淚水早已天南地北

2013年7月8日，莎阿南

音樂南洋

──遙寄孫金君

雨停夜涼
故友臉書問候
像琴弦撥開雲霧
音樂南洋

是風留住飄散
是雨等待夕陽
我們沒有急促感嘆
只要隨時在碧潭
重聚揚帆

那些寫不完的詩
長久留在音色上
那些流浪的小鳥
又在早春回到暖窩
你家的廳堂

2013年8月27日，莎阿南

微風細雨

——出院前寫的自嘲，謝謝關心和祝福的朋友

醫生診斷我是微風細雨
留院觀察的輪椅推我進去
三三二病房的桌燈凝視良久
放心，詩人，蚊子沒有害你

點滴一路踢走高燒
換了藍色天使的微笑
半夜喚醒掙扎的我量體溫
放心，她的微笑很藍
溫度是三十六度剛剛好

我翻身在綠色屏風前
暗自嘲笑窗外的風
黑斑蚊沒有再來
回家的心情再度使體溫升高

渡過兩個黑夜的冬天
早晚的感覺五味雜陳
生老病死粉墨登場
還好窗明几淨

嗅到戶外的風景
真好

2013年10月10日，莎阿南，醫院332病房

偶然

窗簾寫生，一片陽光捕捉
映照不期而遇的雙影
落葉依然掀起天色
往事如煙，暮色冷眼

那些不該記起的
變成灰燼和落塵
就在眼前，落日之前
燈火熄滅，漆黑的夜穿梭

如入深淵
觸動眼簾，驀然回首
隔著玻璃窗門，擒拿短暫的驚喜
那一次擦身而過的相遇

用另一隻手掩蓋臉龐
羞澀的彩蝶高飛
彩蝶的翅膀，鼓起勇氣
飛上藍色和雲一樣白的海天

2014年4月25日，莎阿南

未來

是時候把時間切開

一半給愛妻

她的嘮叨走出廚房

空氣押韻，聲量是叮嚀

是時候把雨傘收好

天氣賜我放晴假期

走進城市的大觀園

一覽無遺明媚晨光

是時候為天色把脈

一張地圖追隨走開

向地下隧道急駛馳騁

從另一個出口領取觀光簽證

是時候回到廚房

妻的叮嚀是下一道上桌的好菜

迎接戳印的觀光簽證

過期的空頭支票

2014年5月1日，莎阿南

借宿暫住

文字交會，變成連體
如沐春風
我以右手揮毫的力度
轉借左手寫詩的時速
向灑脫的陣雨說
風雲已經再起
在不遠處

細膩而抒情是成長的樹
是風雨同行的版圖
詩的國土，飛馳過去
感謝璀璨的夜，為我
守住星宿

他向揚長而去的背影招手
那條路，走過迷惘煙霧
從訪客棄置行李的肩膀上
找到了午夜旅舍
路程尚遠，借宿暫住

2014年5月17日，莎阿南

我寫第一首詩

──回憶少年寫詩情懷

我寫第一首詩
暮色已經向晚的美羅
從黑夜借來一顆星光
年少強說愁的世代，一條街
在戲院前的車站走過來

我寫第一首詩
句子是借屍還魂的小開本
影印稿在血管叫喚乳名
學校制服白色天使，道盡了心動的
草稿，一首寫給班上女孩的長詩

我寫第一首詩
最想和星光月亮對話
走進她們發放璀璨的光彩
在我年少開始發酵的語音
購得一張通往繆思的，長途車票

我完成第一首詩
天空飛舞著七色雲海

像行軍攀山越嶺，漸漸展露
詩歌和吟唱的風霜
從夢想到幻滅，從幻滅到夢想

2014年5月19日，莎阿南

距離

如果還有明天
那是落葉流散江湖
場面蕭穆的敬輓花圈
帶位人影靜坐，聆聽
一場為逝者準備的告別式
五月

五月颱風向西襲擊
讓本來的沉鬱復活了話題
廳堂詩句，三十八年前
從一首詩的結尾幾句唱起
鏗鏘有致地走進都會盆地

我們都是地球的過客
在光陰隧道慢跑
腳步悄然有緻，催人……老去
風雨阻止不了你的遠去
拼貼彼此遠近的距離

2014年5月28日，莎阿南

陳舊樓房

隔鄰喧鬧
鑽孔的震動錘向心口
如臨戰場的炮火
從城市的這端飛躍過去
那端。雷電閃光
樓房搖搖欲墜

城市店面物色到買家
裝飾一間樓房新貌
清早掀開生鏽鐵窗
工友上下搬運
擊碎的舊牆，貼上新的瓷磚

敲敲打打，電鑽震動
把一片陳舊牆壁整形
回復不了當初油彩原貌
那聲浪穿牆而至
粉碎了夢想
把我推向遠遠的曩昔
我在想，如何以平常心
對待這一幢陳舊的樓房

2014年5月31日，八打靈

李宗舜作品／029

吳慶福

作品

礁石傳說

At the going down of the sun and in the morning

We will remember them.

　　　　—Robert Laurence Binyon （1869-1943）

（戰前）

不必圖窮匕見

這刺客比荊軻俐落矯健

子彈奮不顧身呼嘯而出

六月的波斯尼亞

貪嗔癡慢如瘟疫肆虐蔓延

企圖擴大這人吃人的疆土

（戰後）

海嘯止住，末日預言止住

我也在你面前停佇

隱隱約約地聽見

一聲聲戰船還在怒嚎

一息息小卒還在哭叫

昨日的離合悲歡

被夾入浪濤裡浮浮沉沉

駐守於霹靂河畔，如今
靜臥於安順的心臟
壯烈的禮炮已成久遠的絕響
停戰日沒人鞠躬哀弔
清明節沒人上香

2014年6月9日

註：安順有顆大石為戰後的和平紀念碑。這塊大石是用
　　來紀念當時英國殖民時代為國捐軀的士兵和平民
　　的。在世界大戰期間，德國戰艦欲攻入馬六甲海
　　峽，不料戰艦卻在霹靂河口的九嶼島附近觸礁。這
　　事件使得德國的入侵行動失敗。戰爭結束後，馬來
　　亞英政府便派人到戰艦觸礁處，撈起一顆大礁石安
　　置在安順市中心，作為紀念當時保家衛國的士兵和
　　平民，同時也表揚他們壯烈犧牲的精神。至今，安
　　順人都稱這礁石紀念碑為「安順大石頭」。

大日如來

總是樂此不疲地跨越

從這頭海平面

到那頭海岸線

周而復始，輾轉輪迴

你總愛用一生璀璨的餘輝

裝飾最肅穆莊嚴的黃昏

然後進行海葬

用力一躍

此落在海面

彼起在海面

瞬間又再次豁然重生

2014年6月2日，端午節

砧

最好是蜆木

這等良木入水即沉，堅如鋼板

刀要俐落

魚躺下去便是兩截

去鱗去鰓去頭去尾

一截是呼痛

一截是淡然

我躺下去也是兩截

這凜然的兩截

一截是前世

一截是今生

2014年5月31日

滴答

鐘擺上的呢喃

總是不斷地在時間裡貫穿

滴答滴答

滴滴答答⋯⋯

前一秒是滴？後一秒是答？

誰能分得清楚

一滴滴滴進時間的剎那？

一答答如何回答謎似的永恆？

誰能看得清楚

滴與答之間

我們就有了朝夕

朝夕就有了泯滅

泯滅就有了聚散

聚散就有了悲歡

悲歡就有了無常

2014年5月25日

向日葵

妳總是嚮往著戀愛和太陽
一見面臉上就綻放喜悅
妳是怎麼會讓那瘋子遇上？
讓他也如此為妳癡狂
最終還把妳禁錮在他的框架上
從此我們都認為
妳嫁給了梵谷
不是太陽

2014年5月14日

入滅

我所居兮，青埂之峰；我所遊兮，鴻蒙太空。誰與
我逝兮，吾誰與從？渺渺茫茫兮，歸彼大荒！

——紅樓夢

別把天地都哭荒
還淚的事別再耿耿於懷
妳不再是那絳珠
人身難得，苦海無邊
淚既已償盡
苦苦窮追與不捨，何苦
都已經五百世了

寶玉早已入滅

2014年4月29日

側寫安順斜塔

妳是流放海外的後裔

至今還保留著

出嫁時的石榴裙

永不更換的羅衣

安順　因妳而絢麗

一條銀白色項煉

自初嫁就伴隨著的妝奩

婉轉曲折近三百里

如一條銀色小蛇

由北向西一路曲折

緩緩朝向拜里米蘇拉王朝吐信

妳曾目睹

白骨露野的慘劇

妳曾經歷

腥紅色的太陽一度殘暴地把妳擄住

妳難掩心中的悲慟

矢石之難使妳一夜老去

微傾的身軀硬挺挺抗訴著滄桑

不愛迷你洋裙　妳

一生只鍾愛一襲羅裙　妳
是傳統又靦腆的淑女
金髮碧瞳的洋鬼子
一度要罷免妳的戶籍
因為妳不懂ABCD
出境驅妳
去，去，去，去，回唐山去！

我知道
埃菲爾鐵塔是招蜂引蝶的情人
安順斜塔則是斜著身影
等候遊子歸來的母親

我知道
我是妳的後裔

2014年4月14日

孕

──致母親

我乃是妳的孩子
臥泳在妳最柔美的宮殿裡
那是我今生
最安穩的睡眠

我乃是妳的孩子
暢泳在妳最柔韌的臂彎裡
那是我童年最平靜的港灣
風聽不見
雨聽不見

可否
多一個四十春秋
這臂彎再摟摟我
再親親地摟著我
再多一個四十春秋也不夠
我仍然是妳永遠長不大的孩子
擁我在妳的臂彎裡
懷抱裡

笑也聽見
哭也聽見

2014年4月14日

傳統理髮師

有人說

批評家像理髮師

把多餘的剪光

我則認為

理髮師像觀察家

黑白看在眼裡

長短聽在心裡

把多餘的剪光

應有的留下

不論你是哪個政黨的擁躉

曼聯或是阿森納的支持者

販夫走卒抑或達官顯要

一律童叟無欺

坐下，請坐下

是非對錯任由你評議

黑白長短交由他定奪

一把利剪在頭上霍霍

唏嚓唏嚓的游刃

把多餘的剪光

應有的留下

放心，請放心

一定給你理出個體面

這事唯有他能勝任
而且游刃有餘
長短做個了斷
黑白有個分明

2014年4月14日

寒食節憶介子推

你最怕火了
於是你決意逃離塵囂
遁形於深林的胸膛
是誰那麼不仁
竟然四處放火
引你出山

你最怕火了
於是你決定逃塵避世
遁入無人境地
不食煙火

是哪個傢伙如此肆無忌憚
為求加官進祿
竟到你墳前
高高豎起一簇十八尺的紅舌炮仗
逼你出土

何以安息
芳草萋萋的三月
連死人也被嚇醒

2014年4月4日

林秋月

作品

不在意

不在意蜘蛛無情地查封了我的爐臺
雨井煙垣黯淡了我的雙目
荒涼　　冷漠　　庭院深深
餘煙嘆息　　貧困的茅屋
我依然固執地緊握凝霜的孤藤
深情地為我的詩情掛在筆杆上

不須為未化蝶的蛹擔憂
那是曙光前的堅定
我的鮮花溫柔地與露水相遇
用堅穩的筆體撥開歷史風塵的睫毛
瞳孔看透歲月的篇章

不在意灰燼的餘煙裊裊離開了我的爐臺
悄悄地張開微閉的雙目
溫柔的迷途
漂亮的惆悵
無需在意大地的凄涼
深埋心底深處　　　　是
故鄉壟上的篝火

2014年6月3日

牽掛，理想

和風細雨讀遍了你的話語

蕩滌我心靈上的塵泥

東風浩蕩的叮嚀

不經意

追隨深邃的山谷迴響

潺潺湲湲

捎來小溪踏著沙粒流淌的信息

時間催化了夢想

遺忘溫馨的激情

每一滴來自屋檐的滴水

滴痛我的牽掛

潮濕我的信念

理想選擇了沙漠的孤寂

還是　選擇了綠洲的綠意

你錚錚傲骨的松柏

默默地為我祈福

是高高的航標燈

無視遼闊的海面

開動了航程

感受慈愛的和風細雨叮嚀

船隊即將啟航
載著滿滿的信念與理想
沿途不忘收集你的牽掛

2014年6月4日

禪光瑞靄

早晨的花殿環繞著薰衣草和菊花的香氣
臉龐的仙氣咄咄逼人
邪痞拉胯的妖靈豈敢靠近
我沒有降魔的本領
回避不了神的旨意
薰衣草和菊花遺忘雲的迷戀
沐雨櫛風描繪一幅千古

驟雨狂風叫囂閒人勿進
我擅闖蓮台座
這裡本是珠樓玉閣，詩人
費盡三十年翻山越嶺
手拿薰衣草和菊花
尋找的是詩意

雨後春燕差池
釋放了禁錮的靈魂
釋放了帷幔內的陽光
遠離孤獨的囚籠
天空，一片禪光瑞靄
喜悅盤旋在旖旎的花殿
請你相信我有點魯莽的詩

2014年6月5日

記憶一隅

山上的大樹參天入雲，鬱鬱蒼蒼

沒有欄杆　　　　　只有

巍巍的峭壁和深邃的峽谷

沿途呼吸綠色的空氣

蜿蜒山路，曲曲折折

一路攀登花瓣小草鋪成的山間小路

清新的記憶緊貼玻璃車窗一隅

十五歲的清純美麗橫跨山巒

綠草如茵，高高低低

想像蒲公英傳來鄉音

綠色總是詩

我將心事寫在面子書上

手握一朵出於泥的蓮

尋找馨香的詩意

容我道別柴米油鹽

用蠟炬照亮我來時的路

2014年6月6日

咖啡館

晨曦將帷幕後的絢麗輕輕地放在我懷裡

太陽上升，出乎意料得快

空氣瀰漫初生嬰兒的體香

天氣青睞嫩綠青草上晶瑩剔透的露珠

濕漉漉的，笑盈盈的

咖啡館散發濃郁的芬芳

分不清是花蕾的喜悅

還是，剛泡好的咖啡香

香味瀰漫那一瞬間

麥苗迷戀跳躍的初陽

霞光與露水的邂逅

有時是短暫的遺憾

人海茫茫中

行行重行行

我獨選擇稚嫩的你

對或錯，我不管

不要叫我放棄

我不要你做棄嬰

你身上有我愛喝的咖啡香

你是一首搖籃曲，散發

咖啡香的初陽
慈愛萌長

2014年6日9日

檸檬和蜜糖

手拿　檸檬汁一杯
顏色渾濁，說它
白不是白，說它
黃不是黃
加不加蜜糖
會不會是錯誤的邂逅

微博上盛傳檸檬和蜜糖是最好的搭配
面子書瘋傳可以止咳
檸檬是否酸得睜不開眼
蜜糖會否甜得難於下嚥
嘗到了真的能口到病除？
焦慮被細菌和病毒
占據了五臟六腑

李白，李煜與李清照的詩詞
酸、甜、苦、辣、鹹

2014年6月8日

林秋月作品／055

枕戈待旦

現實人生將歲月拉成一個方圓

笑談不可觸及的夢想　其實

近在眼前，撿起

頓時遠在天邊

圓中有缺，缺中有圓

紅色的提示

時間的齒輪必須上鏈

祝君心想事成不能圓滿

心事被牽得緊緊

張開的眼皮沉重

思念已經失眠

驀然發現

言情小說已經命名

書皮柔柔軟軟，書名

清晰印著四個字

「枕戈待旦」

2014年6月2日

驚嚇

儷人的晚風高嘯

黑暗迎面撞向忐忑的天空

大理石上猶見受驚嚇的紫蘭花

黑夜是否已戴上了面具

沉鬱的聲聲晚鐘

沙啞的貓頭鷹的叫聲

黑夜的螢火隱隱約約

點點滴滴讓人心痛

黑夜是否取下面具

探視日琢月磨的夜景

秀逸的湖光山色

蟲鳴也愛押韻

螢火點亮瀲灩的波光

這一刻，唯一的聽眾

貓頭鷹，叫聲終於喑啞

2014年6月6日

稻的祕密

多年以後，固執地

以蘭花指的手勢輕夾肌膚

良性地改善自己的臉部飽滿

持之以恆地付出

忘我一望無際的綠化

我的七孔，繼而

飢餓的腹，革命一番

探索你金色外衣包裹白色的生長

蔚藍蒼穹下金氈鋪地，飄逸

晚風凜冽吹起一片漣漪

粼粼金光隱隱約約揭露你的祕密

馥鬱芬芳的體香

胃液滿滿蠕動我的食慾

你無私付出白色的飽足感

據說稻的祕密

引不起肉食動物的注目

素食是健康的代言

命中注定我們形影不離

我對你不離不棄

2014年6月12日

粉墨登場

美麗一如你的眉與眼
藍色在你的眼皮璨放光彩
舞臺後粉墨上妝五顏六色
塗上橘色口唇膏，爭艷
鏡中清晰猶見
白髮生在頭頂上
梳子梳得貼切
演員笑笑拍拍胸膛
粉墨登場，演繹
人生百態如扇
左左右右，右右左左
前前後後輪迴前生今世

音樂正在催場
演員在掌聲中期待
舞臺前，多年不見的場面
娓娓道來滄桑
眼角蘊藏久違的遺憾
告訴詩人，人生
本是輕塵栖弱草
冷漠嗎？喜悅嗎？
打開扇，打開

僕僕紅塵，看見

白髮蒼蒼

2014年6月10日

洪錦坤

作品

暌別・回返

再多的牽掛，只能茫然地尋覓

木魚聲中敲出孤寂的荒音

河流中湧動著暌別四十載的沉鬱

藍天啊我一直找不到回家的蹄印

暮鼓聲聲催我回歸寫作的寂靜

我要鎮守北方的天狼星

2014年4月11日

生命在流轉

忙忙碌碌抓不住，塵世的瞬息

倉促趕上美麗生命的意趣

動亂萬千的三世流轉

生死苦迫流轉來去

隨風而逝的熟悉

喚不醒那一世那一劫的點滴

恩愛別離苦，倒常遭遇

怨憎會遇苦，冤家路狹也許是天意

常常活在宿命中，不迎不拒

搭車與不搭車，常有美麗的差距

2014年4月11日

車窗外

——寫《流放是一種傷》溫任平詩集封面

猶記得在車窗外的我

依依不捨仰望在車窗內的我

皺紋寫滿離鄉在即的憂戚

拖著一個即將沉落的影子

攜著更多沉重的猶疑

奔向異鄉去踩落寞的石子路

浪跡四十載，是車窗內的我

回首一瞥，浪人的歸路拋到雲霧

流放的傷布滿皺紋裡

揚不起歸去的塵埃

忘了我是浪跡他鄉的異鄉人

得歇腳，得尋覓箇歸依處

2014年4月12日

心懸風雨飄搖路

奔馳在高速公路，輪胎
壓在蒸發著煙的
遙遠記憶，風雨飄搖
擊鼓搖旗，洪荒的思緒
時間在倒退的風中疾退
彩虹在前，陽光與驟雨
一白七色的奇遇

2014年4月27日

註：1975年筆者於吉華中學高中畢業後，溫任平老師即
　　安排錦坤寓居其彩虹園的書房讀書備考，前後一年
　　半，準備赴台深造。

糖尿病

看不見血液在流動

聽不見血液在呼吸

在我體內如水銀瀉地

忙碌輸送利益的營養

破壞組織之間的關係

我得天天測定血糖值

留意飲食的卡路里

糖化血紅素的檢驗

透露主體120天的蹤跡

胰島素的分泌，與血糖

這對難兄難弟

維繫身體，噢

社會各階層的友好聯繫

2014年4月28日

五四

把您從歷史，叫喚出來
為何不乾脆叫胡適
近日臺北的街頭
開始流行曖昧
語言無關痛癢
畫風不中不西

2014年5月9日

蕁麻疹

說來了就來了，如疾風迅雷

來時針刺般的疾痛苛癢

不搔抓還真不行，越搔抓越癢紅腫隆起

紅疹、紅斑、皮疹塊，連結成片

浮腫於皮膚表面，時去時來

速來速去不留痕跡，猶似

人世間的情絲怨緒

八卦新聞的謠言緋聞

當事人如接觸植物蕁麻

外表難看，內裡受傷

欲搔之正如欲辯之

苦處，為難處，自知

2014年5月10日

揚眉瞬目

揚起雙眉，不見你眉開眼笑

卻見你恨意泛臉

叢林燒盡在天邊

天際風雲，瞬息萬變

一念無明火燒不盡

生生死死

擦身而過的瞬息，俟至何時

何時的那時……始火中生蓮

觀佛三十二相，是誰

是誰在念佛？轉瞬之間

是相遇的

下一刻嗎

2014年5月19日

墓碑

一堆土丘
埋葬了南洋夢碎

一塊墓碑
冷冷的屹立著，青苔老去

矗立成一座永遠的孤寂
不想走入了堅固的五十六載
再想也載不回鄉愁的憂鬱

日起日落
別忘了跟風說去
讓風揚眉吐氣
無法訴苦的歎息
普寧靜靜的風

2014年4月29日

遇水隨想

遇水澄清難免隨想

水可想過要怎麼流嗎

要流也不能逆流湧向高處吧

善意的水柔軟地躺在大地

跟鐘擺一點都沒關係

不管流去再多再多的事物

再也流不回再少再少的盼望

悄然掠過的五六隻白頭翁，驚起小石

無所謂的漩渦，濺起了

搖曳的水痕，不告而別的沮喪

是水中的我在看水外的我在塵封憂傷

還是我在水外看水中的我在心酸滄桑

2014年6月8日

風客

作品

無題十四行

昏黃向我進逼
夜黑自背後竄起
我打了個哆嗦
心裡開始下雪

彎弓搭箭必須確定
一旦射出回不了頭
說出的話
不是迴旋鏢

天空不為雨落淚
是雨自作多情
不管有無鳥飛過
祂不會貧血

當塞納河揉著惺忪眼睛
巴黎已經起床整裝待發

2014年4月7日，法國南部，Beziers

問

水花濺起

詩人懷抱一顆祖國

不屈的石頭

自

沉

（那天起，汨羅江開始日夜悲鳴……）

鎗聲響起

驚飛麥田裡一群笨拙的昏鴉

畫者捂腹

倒

下

（那天起，夜空黯然失色，星星開始哭泣……）

詩人與畫家

以孤絕的身姿

拒絕與世界對話

詩，終究要浮起

地中海的浮躁令我暈眩
繆思打盹
任憑我絞盡腦汁
擠不出半點詩思
唯有泅泳書海
尋詩問路

我只是路過的風
沒有企圖留下

當黑夜圍攏過來
我把自己坐成木魚
並信守戒規：
默默無語

南印度洋的惡水
依舊翻滾，澎湃

那些表面無聊的泡沫
仍在喋喋不休
喋喋，不休
喋，喋，不，休

而我。還在

上

下

求

索

2014年4月7日，法國南部，Beziers

人間修行

我在露天廣場午膳
點了三分熟牛排
一刀切下，血汨汨流出
我佐以波爾多，徐徐嚥下

四周有鴿子飛落
在腳下覓食，驅之不去
不遠處有稚童的笑聲
傳來，在梧桐樹間環繞

法南驕陽炙人
南印度洋深海
237沉冤，待雪

我抬頭望日，突然
嗆咳不止，眼淚逕自流下

我在人間帶髮修行
餘生不敢造次

我們是自己的神
我們是自己的鬼
我們的心裡還有

　佛

2014年4月22日，法國南部，Beziers

遇見美好

一路走來的襤褸
不曾使我倒下
反而使我向前

我是向南逐日的夸父
又是每日挑戰風車
屢試不屈的唐吉軻德

曾經，差點失足於巴黎──
這蠱惑人心的蕩婦
日子裡有波特萊爾和藍波
我就不會沉沒

有波爾多有咖啡有奶酪
我的日子還是能挺起來

長江傾注這輩子的柔情於塞納河
她只相信今生，等不及來世

終於，我遇見我的美好。

2014年6月2日，端午節，法國南部

不棄不離

不是每天都是陽光天
有時難免會有風雨

路，一直向前延伸
崎嶇會有，磕絆會有
踏上，必須走完
（半途而廢，兩邊不到岸，徬徨。）

法南夜已闌珊
外面的天空在夢裡呼喚流放的雲，一聲緊似一聲，
如慈母手中的線，遊子身上的衣，越遠扯得越緊。

黑夜多濃稠也有缺口
心有多寬就能走多遠

斷了臍帶，斷不了親情
對愛情的信念，一向如是：

「妳若不離不棄
我定生死相依」

2014年6月6日，詩人節，法國南部

祝君早安

緣起：

某年某月某日，在各省會默許通關下，你乘坐香港
安排的「大飛」（粵語：快艇）抵港，並於是夜飛
赴法國。

你又在夜半驚醒
一身冷汗
你說在夢裡看到鐵哥兒們躺在血泊中
坦克「隆隆」軋過
履帶烙下可恥的痕跡
衝鋒槍嗜舔年輕的血
帳篷和自行車屍橫廣場
子彈擊斃了共和國母親的夢
唯一的兒子連名字也找不著

你經常夜半醒來
淚痕滿臉
說哥兒們在夢裡喊痛
在無數次的夢囈裡我聽到你嘶吼「法西斯，殺人的
法西斯，還我鐵哥兒們……」

我沒有推醒你

我的國家有煙霾

說謊的政府不下臺

同是異國流浪人

我也只能供你半邊床位

我也是彎腰討生活的人

「好久不見，祝你一路順風。」

2014年5月15日，法國南部，Beziers

註：紀念一位因六四出逃法國的學生，在機緣巧合下，
　　和我在巴黎共處數月。

臥底

——致吾妻

原來你在上輩子就蓄意
藏匿在我的
心裡，並於今世來復
前世的
仇——躡手躡腳
像隻優柔，不，幽柔的
小獸

2013年，法國北部，Compiegne

那夜，母親來看我

那晚妳雲步到我床前，輕撫我的額頭，貼耳細語叮嚀，在我來不及驚醒時——

妳，冉冉升起，如蓮，隱去，留我一室的茫然與失措

「我當然知道
是妳，母親
妳來看孩兒了」

我在法南與太陽共存，生活明亮。有妳在暗中庇護，我會平安平和平靜的活著。

還有每天下午我和妳的兒媳——我的妻，以微信視聊，她適時向我傳遞麻辣愛意。（註）

今生承蒙倆個女人深愛
我無怨無悔

當初哭著來到這人世
有一天我將笑著離開
　　　　　　2014年5月28日，法國南部，Beziers

註：吾妻乃重慶辣妹子。

我有事，我要出門

法國青年來餐館午膳
吃生菜時抓到一隻escargot（註）
他站在窗戶前找縫隙
想要把小生命放出去

（而在遙遠的島國卻有年輕人在捷運揮刀隨機殺害
多人！）

外面陰天
我的太陽穴隱隱作痛
我什麼也沒想
也許睡眠不足
也許思路不通
再痙攣一下，繆思便流產了

風仍在咆哮
天色依舊混沌
我有事要出門

兩邊太陽穴依然「呯呯」堅持不平則鳴

我決定走出去
面對天地
面對當下

2014年5月28日，法國南部，地中海

註：escargot——法文：蝸牛

陳 明 發

作 品

神山傳說

（一）朱允炆·山水療心

妳說，每株花草就像每隻蟲鳥
都有自己的名字，自己的樣貌

很多際遇長成藤蔓，在夜裡找回我
捆我纏我，直到夢像一粒石頭驚悸而破
只因為我不懂得他們叫什麼

妳說，尋訪朋友可以解憂
蹦過小溪又小溪，山頭又山頭
一個人都沒有；我問：哪來朋友？
妳笑：誰說朋友一定是人
人一定是朋友？

山下忽有兩幫人在對砍
妳拉我攀上參天古木
像母親那樣使人心安：
危難當前，朋友會庇護

當晚，我們聽著松濤走回部落
藤蔓一路痛哭，因為我已瞭解
他是一株大樹；我喪失的

只是爺爺留給我的國

天地間，只要還有一個妳

我遂是一個頂天立地的我

（二）杜順公主：這一刻，三輩子

我說：你這人好好笑，怎麼不會笑？

你答：下輩子吧，下輩子我或許會笑。

下輩子是什麼？

下輩子……下輩子……

是杯子嗎？可以喝水

下輩子就是……

是被子嗎？可以遮寒

下輩子你也不知道嗎？

你真的知道嗎？

你知道為什麼又說不出來？

（一瓣落花從樹上飄下河面）

你看見那落花嗎？那是花的這輩子
再看那樹上的花，那是花的上輩子

（花瓣在河面上流遠，漂過
一叢叢蘆葦，飛出一隻青鳥）

我懂了，花的下輩子就是鳥
不是，不是這樣子
管它那輩子；上輩子看樹上的花
這輩子賞河面的落瓣
下輩子到蘆葦那兒探訪青鳥
不都是現在這一刻的事？

（三）鄭和・臨終懺悔

馬樂，我聽見了
真主的鐘聲。靜止時
務必根據教義，即日將我下葬
寄身南海最合意
上神山去請罪，回雲南見祖先
都方便，也無需再向北京請安

我年少時遭洪武皇帝滅村去勢

是永樂皇上重燃我的男兒心志

但一張顏臉的萬千慈愛

經過萬千血手繪製

終是沒勝過悠悠綿綿的機緣

此次啟航前，我夢到死亡

站在寶船前迎風狂笑

笑啥？宿命不過是姜子牙的魚鉤

當我明知謎底還迎上去

笑話忽然無梗，魚鉤便頓感無趣

我不殺杜順公主和建文皇帝

二人卻因為我自作聰明而早逝

這反諷笑罵我半生；南海遼闊

也好感受他倆在神山上永遠同情我

（四）杜順酋長‧劫後看窗

我曾蒼老過一回

一片枯葉擊昏了我

醒來，滿山滿谷枯黃

樹頹草萎，鳥獸皆猥瑣

允炆來後，我發現老的
何止是皺眉的無語

幸而我愛唱歌的丫頭
走過花獸秘徑，在絕壁山瀑重尋
古韻，綠焰金光再次照亮山林

人老後總看見花落日暮
心倦時會忘掉明早日出
語言師說那　「日」字看似框框
兩個日字卻拼成一口田一扇窗
正好感受耕收道理
開窗關窗也只是醒來或睡去

夢裡夢外我還是尊重死人
他們不會到處抬著別人的
棺材，找市集，賣一些
缺角磨損的浴盆
劃痕凹凸猶如噪聲
卻說是聖泉，人們足以淨身

（五）錦衣衛・王道瘋犯

我有罪，我迷戀皇上成瘋
酒和曠野慫恿我，說給河畔聽

螢火蟲照不到
皇上對我耳語的秘命
找到前皇，殺
三寶太監，也殺

天下將從此清清白白

我是皇最親的男
笑那閹人，不知道艦隊
是一座我在海上狩獵的森林
悲那廢皇，不知道森林
是一夥給他送殯異土的艦隊

從此灼灼煌煌的皇朝
我將燃燒，成烈爐一口
龍恩在身如林木
無不可焚的夫子和書

無不可砌磚塑灶的頭顱
我從此無罪從此是王道

（六）陳祖義‧海盜也是一個王

劍和我合而為一
卻會活得比我長久
就算它陪我下葬
將來還是沾血人手

它也曾跟隨過君王
殺的人可比我多得多

什麼！你們這些海盜不同意？
殺人的不是劍？是人？
是錢財？美色？都不對！
是王位。多少人因為洪武丟了命？
現在朱棣連他侄兒都不放過

王位其實有多大？天下有多大？
那一艘艘船趕去天朝搖尾巴
像尾魚，掉入我海上的羅網
一樣叫我一聲「王」

難怪朱棣氣得掏出一年的
四分三稅收，要我人頭
他那「皇」是白做了
和我海盜王同在一層樓

（七）語言師・星聲上籤

很久以前了，上一個豐年祭
隨手撿來的舊詞已沒法祈雨
草原耕地龜裂如早衰的皺紋
硯台成灰似荊棘，早無言語

我在深谷沉默三年
兩株古木幫我造了一條吊橋
我坐在上面像片葉子隨風晃
從蟲鳴時刻到晨鳥叫

有一夜我迷迷糊糊睡著
聽見橋上人來人往在說話：
人不可能躺在昨日的太陽下

祖上開口了呵，我驚醒漏夜下山
族人天亮時告訴我，海上的靈龜

前兩年背來一位男子
寫下的情詩讓公主以身相許

我枕著那格律和聲韻睡了七晚
山裡的千岩萬壑開始千言萬語
聽聽，星聲淙淙土籟輕盈
無外宮商角徵羽；步隨當下心跡
無需攤紙，新章和雷響同時降臨

（八）搜夢童‧牧放溪壑

妳走後，我放輕聲音走路
留意樹籽冒芽的聲音
妳要是呼喚：我在這裡
我立即留下，種一方林子陪妳

要不，妳從哪兒丟過來
一粒野果
擊中我的胸腔
滿山斑駁的光影也好聽見
感傷的迴響

也許，妳已經到了神山之巔
不妨幫忙祖祖輩輩
清晨把山間百溪趕向斷岩邊
牧放成飛瀑
入夜給霧裡千壑蓋好被睡成霜
別再無所事事到處逛

然後妳靜靜回想
我們趁著天未亮
曾一戶一家去搜集夢
有的讓反側難眠壓傷
有的欣然微笑著清唱

解夢師一再告誡
看見誰人頭上飄過黯淡的雲
不能道破；運，或會自己轉舵

妳就是不忍心建文皇
踏上寶船趕赴印度洋
哭喊那是一團惡煞的火焰
他終是走進了凶兆
妳也化成一陣煙

（九）神龜、南海與神山·註釋詠嘆

神龜：南海，總是壯懷激烈如狂舞的群山

神山，永遠淡定拔越像沉思的大洋

你們的嘆息為何卻和我一樣倉皇？

南海：墜海後，皇上雙唇劇烈顫抖

拜託最後的漣漪說：一生匆匆

道不盡三輩子的風摧雨蹋

許我做三輩子水鬼潛修成鷹

為守護公主永世盤旋山林

神龜：皇上那年國破家亡，漂泊又遇難

我游入沉船背他上岸

鄭和這回「兩全其美」的大計

害他又患「兼善天下」的舊疾

祕密遠航，到老盟友錫蘭勸和去

祈望邊陲微邦無辜小民能逃過

天朝上國遠遠燒來的噬血戰禍

奈何露了底，招來錦衣衛暗夜狙殺

在窒息邊緣的漩渦，我再次救了他

神山：皇上在岸旁迷迷糊糊張開眼

　　　公主貼緊胸口：我就知道你不騙我

　　　皇上抹去她的淚：這次回來，我再也不走

　　　問問泉石，隱居那山可忘憂

　　　糙糧野酒，耕讀到老無他求

　　　公主說，讓我先去向祖墳告別

　　　你我稍後相遇在山巔

　　　說完，消逝如一抹清淡雲煙

　　　驚呼晃醒了皇上

　　　充滿歧義如泥潭的夢兆

　　　扶攜他沉重上路的雙腳

　　　許是天色緩緩失明，或皇上暈眩

　　　在無數無數的山轉溪彎以後

　　　一道光驀地亮得人張不開雙眼

　　　揭開暮靄，夕照燦爛地呈獻一座山岩

　　　山腰遠眺，良久，隱約看見公主輪廓

　　　皇上豁然暢懷：娘子，是妳在提醒我

　　　能走能叫，就算痛，也要笑一笑

天地有情啊，連石頭都讓我看見妳的倩影
我快到了，趁山未結霜河未結冰
我要擁抱妳，我要聆聽妳長縈我心的聲音

2014年6月5日

註：建文元年（1399），中國爆發一場叔篡侄位的靖難
之役；燕王朱棣率軍反叛明朝第二任皇帝朱允炆。
建文四年，叛軍攻下帝都應天府（今南京）。明史
曰：「宮中火起，帝不知所終⋯⋯。」朱棣稱帝
後，其心腹內臣鄭和七下西洋搜索建文帝下落，這
說法，六百年來不絕於民間與學術界。馬來西亞第
一首現代詩作者，學歷史出身的白垚，整理與研究
相關的南洋傳說數十載，最後完成兩部史詩《龍舟
三十六拍》及《中國寡婦山》。詩中提到，朱允炆
流亡海外的落腳地，是今日的馬來西亞沙巴（中國
古籍稱渤泥，英殖民地時期叫北婆羅洲）；座落於
沙巴境內的東南亞最高峰神山，當地人稱之中國寡
婦山，為的是紀念朱允炆落難此海上江南時所娶的
杜順公主。本詩作者出入沙巴三十餘年，神山一直
在心頭神祕的召喚；今創作這一組詩，向白先生的
長期努力致敬，同時給作者往後的神山大地敘事系
列開個頭。

陳鐘銘

作品

端午

當年走得確實有些匆促

兵荒馬亂的年代

行色匆匆的被徵召

一批批空降兵似的

束緊腰帶就趕緊投江

到魚腹裡，救詩人於水深火熱之中

江水寒冷，暗流洶湧

那些年，流行的盡是青澀味道

多年以後

生米煮成熟飯，團團黏黏

其內還含靚餡，豆酥肉軟

都趕緊填飽肚皮，救飢民於市井食肆之間

這些年，流行的粽香飄過九條街

水深的，火熱的，僅僅為

輔助浴火重生

關於詩人和端午

俱往矣⋯⋯

前世一江寒水滔滔

盡消逝於滿鍋熱淚滾滾裡

蓋揭筷起

挾起一個泫然欲泣的

下午

2014年3月29日，安順

生命流動的聲音

──致：無臂鋼琴師劉偉

序幕如夜幕低垂
一束燈光，瀑布般直瀉
瀉下如銀亮的雨絲
雨的指尖
落在瘦削的雙肩
落在沉默的琴鍵

全場的寂靜在傾斜
破靜，是初生第一顆淚的悄然飛墜
墜入冰雪初融的叮咚
清泉暢流的琤琮
淺水開始潺潺流過石澗
我開始聽到地下水的湧動
春雨開始綿綿小雨淅瀝大雨逐漸滂沱
驟雨狂風頓起春雷轟隆
隨後迅雷乍響閃電倏然而至
劈向你
我聽到樹倒枝斷的絕望
隨即山洪暴發摧枯拉朽
你一截殘軀隨波逐流………

琴音轉高，轉入生命的轉折點

我彷彿看見

壁立千仞的堅毅

百川匯流的澎湃

日落長河的恢宏

長江大河一路奔流的激越…

燈光落下，落在你箕張的

十趾之間

你起落有致的趾尖，落在黑白分明的琴鍵

你腳下流瀉的風景和餘韻，迴蕩你我心間

燈光灑下，趾尖緩緩落在最後的高音

清清脆脆，乾乾脆脆

全場肅立，掌聲如千百翅翼鼓風

座中泣下，如斷線的大珠小珠

我彷彿看到一個偉岸的身軀重新站起

大袖激揚如隱形翅膀

那是選擇不去死後活出的精彩（註）

我的感動，飛墜如初生的第一顆淚

2014年6月13日，吉隆坡

註：劉偉勵志名言：「我的人生中只有兩條路，要麼趕
　　緊死，要麼精彩地活著！」

飛魚與鳥

今生，你是飛鳥

懷鴻鵠之志，展翅

以千里之背，搏九天之長風

你曾在青雲上躊躇滿志

也曾在黑雨中躊躇不前

大量的內耗和徒勞

太多的鍛羽和冷雨

模糊了航程萬里的風景和憧憬

你向世界喊話

世界回應你以冷漠的靜默

在一個皓月當空的子夜

星光迷離，月影傾斜

你毫不反顧的振翼

一如既往的一路向北

你以凌霄的心志

扶搖直上四萬二千尺

電光石火間

以告別的方式，倏地俯衝

驟降，於世人錯愕與疑惑的領空

在一萬兩千尺的低空，南迴

異於尋常的

穿梭在星光與月輝的隙縫

潛行於夢境與曙色的邊緣

全然融入夜空無盡的暗影中

世界呼喚你

你以雷同的回應報復性的回答

世界開始焦急

以超音波隔空探測

以海陸空地毯搜索

打開一部又一部的雷達

翻開一座又一座的海洋

舉世上下求索而不得

關於你的傳言，沸沸揚揚

雀鳥熱烈討論

鴉群聒噪不休

有者謂你亂人，自毀毀人

有者謂你入魔，意圖挾持

有者謂你成佛，捨身成仁

有者謂你是俠，以死相諫…

關於你最後的傳說：
南冥以北，有漁民議論紛紛
見你化身飛魚，飛越其上，
鰭翅長數千里，沐一身金光
緊貼水面，追逐海平線
往天涯的盡頭南飛
力竭投海，縮鰭收翅
金鱗點點，潛隱深淵⋯⋯

（古籍有雲：
你原是魚，來自北冥
化身為鳥，以鵬為名
而今隱跡，回歸為魚
緣何南移，始終成謎）

2014年4月14日，吉隆坡

飛鳥和魚

（前世，你是魚⋯）
你曾滿腔熱血滿腹理想
壯懷激烈，放眼天下⋯
無奈讒言蠶食家國大夢
濁世皆睡流放了你的憂傷
你獨醒的寂寞
如翅羽拍打夜空的迴響
而夜，以無窮的黑
壓在你欲飛無從的翼背
你寡言，你寡歡
你的鬱鬱如深邃的海域
你遂留連水岸
終日徘徊江畔

在一個舉世皆醒的午後
烈陽眩目，金光耀眼，
你毅然決定遠離塵囂
靜默的走進粼粼波光的喧嘩裡
以昂臥的身姿，獨睡

眾人奔走打撈
撈起的僅僅是

一襲隨波逐流的白袍
仿似無語問天的姿勢
你顯然失聯了

坊間眾說紛紜，有人說
你捨身引魚群競逐
惹得情急民婦競相裹米投江
意圖填飽魚腹
瞎忙一場，無數粽衣順流而下

後來，有人說：
見到你的身影
迅速隱入深水的無聲裡
更有漁人繪聲繪影：
最後見你，化身為魚
長數千里，游向北冥……

2014年6月14日，安順

兩岸

一方藍天能拴住幾許流雲
一路夜證能挽住幾許無眠

一川車水拆開兩岸相依
一紙短箋撕裂兩岸相偎
一水洪流切斷兩岸聯繫
一句抱歉掛斷兩岸音訊
一灣海峽隔開兩岸燈火
一葉輕舟中分兩岸風景
一望碧海注定兩岸天涯

子夜書

常常忘了有個家，在山外
靜候著我
寄不出的家書有寫不盡的
歉意

常常忘了有個人，在城外
冷化為雨
順著窗前彎彎的飛檐
點滴到天明

常常在夜裡溫一壺茶
翻一些泛黃的文字
那些最初的愛和傷害
標本般的珍藏著弱冠以前的
跫音

常常在子夜聽一卷錄音帶
嗓音清晰容顏依稀
像陽關三疊，已唱到最後的餘韻
無言聆聽摯愛的跫音
漸行漸遠漸無息

答案

一閃星光，能輝耀多少寒夜

一山寒意，能圍困多少熱情

一路夜征，能挽住幾許無眠

一夜無眠，能允許幾回豪情到天明

一季豪情，能醉飲多少悲歡當歌

一時堅持，能承擔多少風風和雨雨

一次對眸，能承諾幾番朝朝與暮暮

一個承落，能璀璨幾方夜空如星

一程風景，能承載幾許跫音到天涯

當年華愈漸遠去，一乘鐵騎能縱橫到何時

一個寒風中無言的沉默

臂彎

小時候
媽媽的臂彎是小小的床
可以撒嬌可以撒尿
我只顧肚餓張口，飽食覓睡

少年時
床是媽媽的臂彎
許多心事化為淚的語言
媽媽不知道，只有床懂

長大後
情人的臂彎是溫柔的水鄉
水波蕩漾，船歌可聞
琴棋書畫詩酒花
道不盡的風花雪月

成年後
妻的臂彎是小小的港灣
我是被生活整得好累的一條船
柴米油鹽醬醋茶
在這裡得到恰如其分的補給

後來啊
故鄉河的臂彎是我最後的床
在最初哺育我的土地上
且讓我安然的長眠

2014年6月14日，安順

陳浩源　作品

沒有貴妃的華清池

黎明前，西域駝隊整裝入城
我拿著蘋果愛瘋，策馬馳騁
長安東門外，直奔三十里
想窺探，唐代的暴力與謎團
驪山境內，靜謐
激不起旅人的，遐想
驚見！梨園鐳射光
隆基與玉環被貶回後現代⋯

大理石臺階，溫泉湧動
六宮粉黛的幻滅，就為博她回眸莞爾
思緒，被手機模擬的快門聲，打斷
宮女、宦官
該死的節度使，一縷白緞
誰都願意相信，你去了東洋

不遠的澡堂，吵雜的人潮
歷史，被印成一張張
入門就扔掉的，入場票

2014年6月23日

my-tory or his-tory

歷史，新歷史主義學者說是his story

屬　某人的故事，或者

為某人寫的故事

亞里斯多德在詩論，堅持：

起承轉合（*beginning, middle and end）

現實中，生活在空轉

看到鏡中自己，都嫌煩！

想書寫自己，用谷歌搜索開始

驚悚發現！

【　　　】一片虛無

滑行於，交錯的社會圖譜

數字爬蟲與機器人

隨伺左右

自己的故事

就這樣，斷斷續續

耗出一本

無奈的，天書

2014年6月15日

老片——回憶

回憶像走進一堆老片的儲藏室，有些膠卷已經泛黃
自己的Bildungsroman，自己就是尤利西斯
每個成長的記印是紋身，而且尚未構圖就刻上
只有在紅酒一杯後，才敢開啟
很難接受，每次頓悟後的惆悵！

老友寒暄像集體心理治療，每個人都藏著
對方，一點點的痛
狂秀各自歲月的瘡疤，期待對方小小的安慰
越老就越容易掉進，這種幾近自虐的行列
酒醒，全身酸痛
還有未乾的，兩行淚…

回憶就像重複觀看自己主演的老電影
身邊的同伴，還沒散場
卻一個一個，離散…

2014年6月8日

生命內涵分析

一個人孤獨的時候，另外一個聲音就會出現

以為是獨白，其實更像回聲

你忘記喊出來的那句：啊～～～

或者，來一長串的呢喃……

不是念經，也不懂修行

就是在渾渾噩噩過日子中，倒抽一口涼氣！

問句太多，找不到答題的源頭

人生的毛線球，織到最後幾寸

卻不捨，盡用

沒想裝酷，只是害怕

隔天醒來，又是一個deja vu…

電梯打開，裡面留著某人缺德的煙霾

吸入，咒罵！

還好，證明我還

活著！

2014年6月9日

旅程蒙太奇

在高鐵上，速度接近起飛的臨界

車廂往前，樹和雲沒命的往後

用身體裡的，每個細胞吸收

加速度，像鴉片的阿爾法電波

用來抵抗，宿醉酒精在血液裡竄動

視線沿著鐵軌，模擬萊卡鏡頭

調整遠近焦距，車站與車站之間的換幕

那些上上下下，趕腳的旅人是生活的演員

我按下暫停鍵，我的時間停在哪兒

他們都還在動，不斷演出⋯

抵達終點站，重新加入人群

繼續演繹，自己的走走停停

焦慮⋯每一次人生的蒙太奇

2014年5月24日

里斯本

糕點是他們的方言

進入茶室，單調的收銀機旁

擺設像調色盤的，蛋撻和方糖

阿拉比卡咖啡，和抽水煙的老頭

分不清殖民，還是被殖民的滋味

古董店裡盡是，各種青花瓷的旖旎印象

從直布羅陀出發，著陸就在蜿蜒的

亞馬遜河床

2014年4月18日

大英博物館

走上大理石臺階，就赴上千年的約
時間軸在這裡重疊，我看著他們
他們，也看著我
法老王認命地，被透視檢析
敦煌仙子，在英倫繼續飛天
是因為時差？絲竹與編鐘…
怎麼都荒腔走板？

石器，青銅
玉面，簋皿
從尼羅河到黃河，鄉愁
就在圓頂和天空之間的，距離
隔著玻璃
我看著他們，他們看著我
現代與過去，交接得如此
悲涼

2014年5月7日

劇場

青衣不著綠服，曖昧回眸

在場的白鼻丑，為親芳澤一陣嬉扭

站在角落的將軍俑，挺著肚子，

凜然的回顧當年風華，不削一夜風流

胭脂、硝煙，似曾相識的布景

戍衛與出師的反覆，乍一怔

凝固成，千年的偶遇

愛像瘟疫，不需轉世輪迴

只能在每一層煉獄

往復徘徊

2014 年 4 月 27 日

老外

LED超越霓虹，江面倒影變高清
灘頭這邊，是新的老樓
旅客魚貫，瞻仰殖民遺容
香奈兒的opium，取代福壽膏的薰煙
匯豐銀行門前，雙獅在漸漸甦醒…

灘頭那邊，是老的新樓？
一幢高樓，不久又一幢更高的樓
蓋得太快，新樓一下就老去！
整點報時，奏起東方紅～

應酬夜歸，望向朦朧的灘景
醉眼成像，框起來就是一張明信片
我在裡頭，但不知道…
要貼哪國的郵票，寄出

2014年5月31日

郵政信箱——在嘮叨的90年代

習慣走捷徑到校內郵局，打開那個小格子
口袋裡兩把鑰匙，一把開宿舍一把開郵政
約好每周寫信，那個無法隨時上網的年代
整個宿舍都在午睡，帶起walkman耳機
空間就剩下你我，一起泡在Enya的虛幻
讀信就像看錄像倒帶，伴著敘事者耐心獨白…
忘情描述，各種記憶流動～

一個沒有電郵的年代
郵寄書籤照片，恨不得文字都會吶喊
擔心意象如褪色油畫，慢慢淡出…
堅持印象派，瞄準日晷
不斷書寫，延長想念的意識流

文字很長，就在那個嘮嘮叨叨的
90年代………………

2014年6月3日

張 樹 林

作 品

時間之河

（一）

那年我遇見你

你的短髮和你一樣年輕

時間是一把刷子

一年一年地刷成一頭長長的秀髮

我的思念也越來越長

飄洋過海

牽掛兩岸

後來你用一把剪刀

一秒鐘就把長髮剪得無牽無掛

只留下一陣劇痛

在記憶這長河裡

（二）

你和我說佛

我只懂得子曰

我知道如果我是星星

必能聽得明白佛說和子曰

我想，時間才是真神

他才懂得天地間的語言

他才看得清每個人心裡的話

他才明瞭每一句詩背後的含義

他才懂得安排每一幕劇的結局

他才是無私的父母官

判得公正廉明

（三）

那年你十八零四個月

我已八十

時間和我們開了一個很大的玩笑

也許來世我十八時

才在一個黃昏的暮色裡遇見你

那時你或許也是八十

世事是一局棋

時間他愛怎麼擺就怎麼擺

是時候他必然就會　「將軍」

我是幾十年前木刻的棋子

你是最現代的塑膠棋

縱使沒有楚河漢界

也不可能擺在一起

（四）

凌晨醒來才驚覺生命只剩下一百零一天

那還不夠寫一部驚世駭俗的小說

何況我還想寫許多封遺書，以及許多封控狀？

時間這樁買賣不像是廉價市場

可以討價還價

可以買或不買

也可以選擇最好最美最心愛的那件

時間我可以不可以告他毀約

或是告他搶劫？

（五）

時間是最高明的化妝師

不需假借畫筆和粉墨

也能把你從童年化成老年

沒有一點破綻，沒有一點掩飾

就連語言和體型也一樣逃不過他的手

還有那張說話的口

他把一顆顆牙齒整齊地栽成兩排

讓你上臺去代他演說

然後再一顆顆的收割回去

最後是在你光滑的臉上

無聲無息地玩分格行棋的遊戲

不管你喜不喜歡

最終你都得接受

這樣的一次整容

（六）

忽然想起一件事

想用最快的文字留下

但怎麼也快不了時間這匹千里馬

它總是回過頭來

看你氣急敗壞地追趕

那一年頭髮都染上白皚皚的雪

再用一根拐杖追趕

時間依然一樣年輕

一樣可以遊戲人間

一樣幹著收買黑髮的買賣

一樣逐家逐戶的去劫掠

2014年4月6日

潮州。韓江水

對岸沒有島

有一點漁火

我聽見一尾魚

訴說她回家的故事：

「韓江是我的故鄉

我的父親

五百年前游過大海

再也不曾回來

江水洗淨了鄉音

日落燒盡了記憶

日出照不到回家的路

聽說江水和五百年前一樣甘甜

鄉人說：喝過韓江水的，都是潮州人啊！

給我一瓢韓江水

酣美如母親的初乳

嗅得到母愛的溫柔

泥土與草香

是夢裡曾經走過的風景

我不曾擁有的記憶

我的鄉音

遺失在這江水裡，晨曦照不到的角落
我回來這裡
尋找上個世紀的身世」

我聽見一尾魚
用不太純正的鄉音
逢人就問：我的家鄉在哪裡？

2014年5月29日

千年古城潮州

曾經在夢裡與你邂遇

那是在一個春天剛過的初夏

我走在牌坊街的古道

在一場驟雨中走入你的屋裡

驚遇你的笑臉

如韓江兩岸盛開的木棉花

滿地的落英如我的思念

那種陌生而熟悉的感覺

彷彿相識於一千年前

你就是我那鍾愛的妻子

又或是曾經轟轟烈烈戀愛過的女子

你真的是那個一千年前的女子嗎？

那種熟悉而陌生的感覺

讓我迷失在你的髮香，你的乳香裡

給我一個一千年的深情擁抱吧！

讓我赤裸裸的遊走於你的體香吧！

用我千年前粗厚的唇

吻你遲來的溫柔朱唇

你欠我一千年的思念和渴望

一千個夢有一千個你

昨夜你又走入我的夢中

在湘子橋的另一端走來

那中端被拆除了的十八梭船

有一條流了千年的江水

你在橋那岸

我在橋這岸

遙望了一千年

2014年4月25日，潮州

註：潮州是我的原鄉，為千年古城。湘子橋建於韓江
　　上，也是中國十大名古橋，其中端設計為十八艘活
　　動梭船，每天黃昏即拆走以利船隻航行，盡顯古人
　　智慧！

潮州。鳳凰單樅茶

常常在夜裡泡一杯茶

來自潮州鳳凰山的單樅茶葉

用熱燙的韓江水溫暖你

三幾片茶葉

綻開心胸舒暢心事

茶葉也有未曾啟齒的故事

那是沉在杯底，日出與日落

輝煌與沒落

每一片縮成一團的茶葉

都有不為人知的身世

等待著你的沖泡，赤裸裸袒誠相對

你的體香　如鳳凰單樅的芬香

在我唇邊久久沒有離去

夢裡仍有那依稀的幽香

引領我回到夢裡的古城

那是我和妳

一千年前邂逅的地方

2014年5月27日

心事書籤

有時想把心事

壓成薄薄的一片

書籤

隨意插在書扉裡

不知道那一頁是快樂，還是悲傷

不知道那一夜有幾個夢，夢裡有過幾次戀愛

不知道經過了幾次日出和日落

晚霞和星夜，如心情的轉移

只想在書籤留下一條絲帶

透露一點點情緒

其餘的都交給文字

在黑暗裡用沉默互訴心事

2014年5月10日

那是魚的淚

在黑暗裡我聽見淚水一顆顆落地的聲音

流入午夜最陰暗的心臟

流入無言的詩中

流入瘖啞的歌中

流入方格花紋的手帕

那是魚的淚

溢出魚缸流落滿地

2014年5月20日

大合唱

花花絮絮的背景不是我所愛看
痛痛創創的鼓聲不是我所愛聽
只因為有一聲熟悉的鄉音
那麼湮遠，在臺上
聽得仔細，卻似模糊
有一份不能言語的震撼

沒有高音的歌是你所不會唱的
沒有根的泥是你所抓不住的
孤獨的南方音樂園，你是
歌聲唱著歌聲
在低音中持一朵蓮
如何把感情告訴你
如何把渴望告訴你
如何把愛、把執著告訴你
如何把孤兒喚母親的音容告訴你
只知道時間是一首歌唱過一首歌
一根弦飛過一根弦
十指纖纖，彈得出多少豪情溫婉
潔白如初戀的琴鍵
經不經得起，這輕輕一按
只怕那是母親

隔著一座海洋
遙不可及

夢中的輕撫，興奮中有著一些不真實
只有歌聲證明你的存在
像隔著兩片大陸的海
讓我觸著海水時感覺親切
原諒我不是善泳的魚
不能汹向你
只能抓一把海水，一把聲音
輕輕慰藉
在眾人的掌聲中
我是
一手和著掌聲
一手托住眼簾的第一滴淚
在謝幕時仍坐著沒有揮手的半個聽眾

2014年5月10日

游以飄

作品

問師五首

驚喜

銀河星海流線的光芒，腳註如雨

未竟的跋，以及那些雜亂無章的修辭

我皆召喚

從方外到穹蒼到江湖到草莽

話語漸次列隊，入境

從屋檐滑落窗前，繼而踏步臺階

越過門扉時椒圖保持緘默，抵達

伏案的鍵盤，翩然

降落握鼠標的右手背上

我知道你回來了，詩。

星光

別說水墨如何晚宋如何清末

仰視的眼眸

何不張望如夏天的田

如景泰藍的碗

盛滿這流螢點點

迎接，垂注的懸念

天空傾斜後夜光盤旋

纏綿的40°

鼎

饕餮在裡頭，我能不火燒火燎
能不周旋徘徊，反覆掀開又蓋上？
滾動的金丹一顆顆，貌似難馴的蠱
心窩難眠的惑
迴旋的是洪荒的葫蘆、封建的旗鼓
現代的廣場
後現代的卦象
都表徵在那精緻的浮雕
以及纏繞的槽，詭秘的灰

黃皮膚

必須的，圖騰也考究外相
顏色以外還講求保濕去角質並且防垂
精華液指定天然草方

別質疑我們愛情的厚度
婉拒易容，也不要削骨

年輪裡大規模的紋路
澠注這些年月撲面的風露

流放

我一直都在，這裡

思念成熟如果，時機懸掛若鐘
這裡，我經常換位度過一天的匆匆
偶爾細數分秒，像對待文字那般憧憬
每周快跑慢走，或散步到茶館聆聽
那說書人撒開摺扇，道：
時光的追逐與躲藏
跟戀愛一樣

不騙人，我從沒離開你而只是
在你的掌紋裡遛彎，日日月月
我們的王國在星宿裡

2014年4月12日
記溫任平老師成立天狼星詩社40周年

反正

皆無所謂。或晝伏或夜出或日以繼夜
白天我介入遼闊澎湃的暗黑
晚上摩擦出刺眼的光
借這瞬間撐開的狹細亮線
來到你面前看相，並傾聽無相
這刻你安靜如蒸餾後純度的水
轉身就翻湧變幻莫測的伏特加
便拉你回來，讓你變成我
或換我變成你。分與不分有何所謂？
即便小說也不再流行建構典型角色
虛構與真實交錯反而讓散文迷人
讓我入迷的其實只能是你，就像詩
飼養語言，抑或被語言豢養
都沒兩樣，不過主賓在互換面裝
如此而已那還有什麼值得我們在意？
你說你在乎：親密的手指是春天雨絲
我說那也可以野火燎原，夏花如焰
你我都曉知：房裡陰陽曲通外間的道理
這世界黑白雜交，都無所謂
雲雨，說到底也就科學的兩極
樓下的鞋跟可以倒帶再上樓

折疊後的棉被凌亂後再折疊
從有我到無我，然後複又輪迴反正

2014年5月17日

手機

此後就很難聯絡，不是不能

而是那種不存在的存在，不容易界定

鴻雁在溟漠裡盤旋，幾次衝關不果

那遙遠的界面確實有你在；這界面有我

有你的時刻逐漸稀少，沙漏的顆粒

如今是黃金數計，或者是無雨時候求雨

那種沉鬱的分量，思念那般悠長

信號這樣短，儘管我從來不忘你手

與我之間的線，那些年你為我添置的衣

這些年，從諾基亞到三星

爾後到黑莓到iPhone，無數潮流遞進

我也遷徙著你的號碼，從你存在的時候

到不存在，我小心保留唯恐丟失

你目前狀態在「收藏」裡，不屬「好友圈」

因為你比他們還要親呢，關係非一般

現在手機花樣多：地圖、指南針、各種遊戲任選

無時無刻在看臉書或微博；唯獨沒有你

在那時間的深處，我想你也許剛喝完咖啡

閱讀報紙上的新聞，在抽煙在等我手機鈴響

也許已開始準備跟我大事議論時局，像往常那般

在那個我也只能猜想各種也許的境域裡

我確定我感覺到：這時候鵝毛雪落在黑天地
實成了，不存在的存在

2014年5月18日

升降機

繞不過這一層層數學題，升降

或降升，機關需要你反覆演算

算好入口設在地面，意謂你必須借助地氣

灌輸你：一切敘事理應由下而上

核心通常不在中層，完美總在樓頂

你必須按該按的樓層號碼，按捺急性子火脾氣

按部就班，不斷有人勸說做人的道理

你發現：里間總是播放古典樂或輕音樂

向來不會有搖滾，別偽興奮了

怎能公民運動，哪能水滸傳

可惜不是五星級賓館，不然

五樓水療會所，你可以順便做按摩兼排毒

或上頂樓花園，觀看大風吹起星星沉浮

或下樓到茶坊喝普洱，清心去脂

然這裡是你的工作大樓，上班下班

一層層的節骨眼，挺拔不起腰板與脊骨

該抖擻耳目，關心機關如何算盡

起落或落起，關乎身分斤兩的物理學

分量，牽涉馬克思的階級理論與觀念

左傾或右斜皆非；務必進行縱向的拔河賽

連帶低氣壓，高血壓，由外而內的病理

下不去、不能不上去的哲學

你知道，這忐忑由來已久
因為誰也不能繞過升降機

2014年5月19日

菜單

絕對靠譜，滿滿當當六道菜

第一道冷盤免得冷場，先給你滿上茅臺

國酒對好朋友，不讓多年情誼跌份

再來是辣椒螃蟹，在地料理希望到位

盡心意如我這位東道主，請你嘗嘗豐盛滿席

尤其，在這風雨輕叩窗玻璃的夜晚

在巴洛克壁紙的包廂裡

第三道竹笙魚翅，第四道清蒸大青衣魚

好意頭，或就此轉為好兆頭

那些不如意，就讓它們在外邊消瘦成雨絲

別滅了我們熱騰騰的興頭

況且還有黃金蝦球，這第五道佳肴

趁著同樣黃澄澄的燈光，都吃下吧

江湖上打滾，這些年與那些年

痛快的與不痛快的還少嗎？有話就攤開來說

別等茶餘飯後，此刻就用這烈酒沖下

鬱悶爆烈後蒸發，通常在40度以上

酒過三巡，你就隨意斟酌

你我肝膽相照，也得小心彼此的肝

不能酩酊，忘卻現實裡的膽固醇

最後一道是楊枝甘露，柚子酸芒果甜

滋味各一半，恰似生活的滴滴點點
屋外細雨淅瀝淅瀝淅瀝瀝

2014年5月21日

地鐵線

漫長果然如軌道嗎？記憶搖搖頭
不置可否，那些片段卸落在浪漫的路旁
地鐵在寫實，千噸重川行在地面與地底
寫生筆觸無日不流淌，點與線不容岔開
你不能幻想、夢遊、過點不下
這些站名你老家父母陌生與否，都無所謂
但你不能不熟悉，內化它們並內化自己
譬如索美塞，那站是你每日上班的入口
下去，晨曦沒耽誤你而你耽誤了晨曦
萊佛士站中轉，綠線西行十五分鐘
到紅山你又到地面，天空開始形而上
理性繼續形而下；文禮站出口後
你再轉公交車到學校，如此這般
節奏成為生活，生活成為一種節奏
偶爾到牛車水，遙想當年才子品茶佳人唱戲
而今這站的廣告是：美食一條街
地鐵線，城市縱橫交錯的掌紋
寫意在地鐵外飛翔，現實在裡面凝固
唯美的想像比喻，不堪握住掌上雨
唯物論：大小齒輪旋轉物慾
夢在被打磨拋光，思緒搖擺行駛
介乎寫實與虛構之間，而詩在發生

2014年5月22日

黃建華

作品

至少，有一個八月，曾屬於我們

風輕，輕如離別時的揮手
我們走過廣場中央，妳突然停步
回望，一則守護的諾言
在陽光下站立
成一行錯字

見證太多悲歡，廣場
靜坐如鐘，不為來去所動
許多聲音呼嘯而過
湮滅寂寞

沿著遍地落葉的人行道
拾著碎步，穿過樹影
前行時妳不忘提醒
一盞燈坐在思念底下
等待未來
沒有對白
在銅像前對坐的初見
被鑄成永遠的晴天

隨妳步上一座巨大的塔
臺階上布滿尋常的離散
倚著年少對話的欄杆
已被歲月撫摸成平滑的後來
讀著墻壁上的暗影
一些被重新粉刷過的迂迴

走進深直而無回音的長廊
透過光暗的對立與隱喻
看人事的起伏與經過
聽心情的皺褶與墜落
告別的眼神
滄桑的輪廓

如果無法擁有完整，妳說
就保留心中最深沉的那一次
偶然，低訴若泣人瘦如菊
瘦如妳不善掩飾的伏筆
站在出口，側身
從前像一條直線對望明天
背光，刺眼

為妳抹去一道抒情的傷痛
至少，有一個八月，曾屬我們

2012年3月28日

廣場傳說

軍隊撤離之後，廣場就淪為祭神的戲台
……

當跋扈的將軍帶領千軍萬馬狂奔而來
戰鼓擂動驚慌四伏的街道
撼動整座城的樑柱與門戶
旌旗插滿，草木皆兵
各路英雄匯集，劍拔弩張
塵土飛揚，狼煙升起
時辰傾頹坍塌
書本焚燒書生
風沙滾滾，雲層跌碎

炎熱薰夢沉沉，懵懂少年
徑自伏在歷史課本上昏昏欲睡

夾在擠壓的人群中聽一場政見的演出
戲臺上的聚光燈放大了反對的聲音
被一團激烈的怒火緊緊包圍
天空泛起一片黑壓壓的投影
偶爾傳來一兩聲悶雷
氣流混濁沉重，密布窒息的火藥味

風雨欲來

有人握拳起義，有人擊掌附和

呼喊愛國的口號成為變相籌款

熱忱紛紛解囊，防備搖搖欲墜

一面意氣風發的大旗

被吹響的號角催促

自光影中徐徐翻身復被捲起

從層層激情拍岸的聲浪望去，廣場周圍

寫滿難於辨認真偽的符號與是非

傳說，一個瀕臨滅亡的霸權垂死反擊

無非是動用人海戰術

城牆是一磚一瓦緊密的堆疊

王朝是一兵一卒高貴的殉身

沒有面首，沒有名字

任意處置身後的墓碑

善良的靈魂必將獲得安息

動盪中，一個策略三國順勢崛起

突破以顏色劃地自絕的危機

激起一段醞釀已久的朝代輪替

廣場外十字架上的殖民風景
波瀾不驚

站在歷史交叉點上一個
多雨潮濕而悶熱的江湖

一回頭竟是一闋輓歌的尾音
彩排過的盛大典禮終究缺了席
一次壯志未酬，一次命運的埋伏
等待也許也是必要的轉折
垂下一盞迂迴曲折的醒悟
一邊昏黃一邊幽暗
多年以後回看會是一曲悲涼的二胡
還是一首悲壯的楚辭

自歷史課本中醒來
少年不覺白頭，一隻信鴿
立在迴光返照的墙角，入神

面目模糊的數字宣告陣亡
被篡改的史書如何面對日月昭示
將軍憾天動地的吆喝聲只剩下驚愕的特寫

寧死不降的雄心仍在長途跋涉，追尋
一道窮一生待解的黑色疑問

人群散後，廣場背後上演一場
噴火真人秀
戲臺上，眾神皆睡
……

　　　　　　　　　　　　　癸巳。端午

妳的背

妳的背是善解人意的性感
寬容而無一絲皺紋

我伏在妳的背上閱讀，沉思
如貓，偶爾放肆地散步
妳耐心地讓我借月光
走出一面潦草的地圖

循著星星的路線來回
許多問號被尋獲
我們的快樂是關起門來的遼闊
足以將夢高高掛起

我們甚至可以潛入海底
在海底最深處躺下來
呢喃細語，翻雲覆雨
傾聽海潮拍打岸邊的回音

妳的背是沒有防線的夢土
只要越過誓言的弧度
就可以到達，就任由瀟灑
義無反顧的最初

沿著妳的背
走到神祕的南極
為妳留下一首不押韻的詩
反覆沉吟

2012年3月20日

下半場

對坐的小圓桌對著下午的風口
冷風吹進來的對話很懷舊
雙手捧著熱咖啡
暖和著香氣的對流
同吃一塊櫻桃蛋糕
抒情音樂變調成為耳邊的細語
時光慢慢攪拌成為慵懶的閒聊

博物館展出陶瓷的主題
追溯千年以前的相遇
相守，年代和年代的對望
一場窯火相惜的知音

妳把外套脫下放在我的手中
傳來昨晚溫熱的心跳和體香

參觀者像劇場布景
排隊進入一條擁擠的時光隧道
文物被歷史留住
我們是時間的過客
被劇情拉成瘦長的角色
美好總是令人懷念

每次回看都是精神的洗禮
每次回頭都是心靈的花季
過去等待未來，未來守著過去
一帖水墨的倒影
一幅山色的低回

一半久遠的記憶恍惚變得善忘
另一半卻牢牢記得
忘了是不是曾經隨口說起
愛吃櫻桃蛋糕
妳竟一直記住，到老

走出風口，走到下半場
一對人影倚在欄杆
看水中的魚兒游出下午
忘了回家

2012年4月22日

跑步

換上跑步鞋就成了孫悟空的化身
大地盡在腳下，慢跑或快步
朝九晚五就不再是緊箍咒

脫下外衣，放下包袱
還我本性的面目
「喝！」現實如浮雲
在逆時針的跑道上
自在翻身，騰雲駕霧
展現輕盈從容的本事
無視氣流與風速
彎道或直路

老孫就是如此自負

無法選擇起點
但可以決定速度
長程或短途
是非曲折，不屈服
只有持續進步，不屈服
每一步都在跨越，就是不屈服
五指山的高度

虛名如塵土，起步
不會被掌聲打亂的心志
困住十萬八千里的意志
天地之大莫如我的任性
不如意事十之八九
跑過之後，回頭一看凡事都變小
柳暗花明，不忘初心

換上跑步鞋，我就是主宰速度的
齊天大聖

2012年6月30日

一些被早安過濾後碎散的光影

夜破碎在早安的聲音中
碎片逐漸亮起來
像極了一個一個突出的方塊字
後來成為一塊玻璃

人流進來，空氣加速流動形成風
街道很擠，心眼也擠
路只有一條，被教義壓成一張衛生紙
揉皺了一卷就成了漩渦
要是不滿意，你
大可以回到洞穴去

刺猬的本能在繁華都市中取暖求存
集體投身在一場不設防的舞會
既無無恥亦不不快樂
一客比收入還輕薄的快餐當早點，開始
一天，一杯添加忙碌的健身飲料
腦袋就防腐成為永不過期的罐頭

沿著單向的人行道走出金屬撞擊的聲音
背著日光反對不人道的刑法和戒律

履行公民投票，來，大家起來
來玩一場大型的填字遊戲

我無須和你爭辯規則和權利
那時，你還只是一團空氣

2014年6月1日

温任平　作品

歷史研究

海峽對面是同胞的鏡影
跌碎了的眼鏡，就在雨的中間
雨和淚在戰爭的年代
（清黨，清算；反省，悔過）
一樣血腥，一樣分不清
糊里糊塗的大躍進
兩岸操弄的對象都是人民

大歷史前面，風雨如晦
大政治前面，雞鳴狗吠
不亢不卑，不獨不統
舞照跳，馬照跑
百年機遇今日遇
（融資，注資；互訪，協議）
風雨瀰漫，難得浪漫
我們不如拿把油紙傘
去蹓蹓戴望舒的雨巷

2014年2月20日

共管公寓

那一帶的共管公寓
開始一盞一盞燈亮
那扇窗戶，我找不到
噢，我同時遺失了你的絲帕與鑰匙
屋子裡有我雜亂的書　手札和
杜甫的〈春望〉與〈秋興八首〉
裡頭寫滿我疲倦已極
而終於墜落的，家國的愛與悲哀

如果我走進庭院，經過那列棕櫚
我想花香會驅趕我
所有的葉子會同時噪聒
黃昏不許我打擾它的緘默
一隻鴿子能飛多高喇
生命踴躍，能踴躍多少釐米喇

在晚風中我可以告訴你
因為你未必聆聽　清楚
唐宋是時空的問題
不是我的問題
我只有　悲慘的答案

2014年4月8日

一路追去

你是明媚的春天我一路追去
大寒過後大家最關心的是圍巾的顏色
圖案形狀，外套的款式
等等問題。熱烈辯論：花開春暖
還是春暖花開的語序
從王力那兒找到線索
在趙元任的家裡，找到證據
你是明媚的春天我一路追去

你是朗照的陽光我一路追去
樹影婆娑，光影似鐘擺，晃啊晃
晃啊晃，晃到外婆橋去
外婆在菜圃澆水施肥，「孩子……
未來在你手裡，農耕的知識
在你手裡。」我猛然想起
千里遷徙，要把握的正是農作與土地
的聯繫，土地與朱光潛美學的關係
你是朗照的陽光我一路追去

你是幽幽的月暉我一路追去
炊煙向晚，庭院裡有人
走過，是敵是友非我所能知

手持三尺半劍，我在天后宮的飛簷
陡斜掠過。群鴉轟然飛起
繁星點點，明明滅滅
是仇家得了結，是高人拜師學藝
這一生為的是一瞬間美麗
你是幽幽的月暉我一路追去

2014年2月23日

光緒的死

「我是一國之君
怎麼會被圈禁在這裡？」

宮燈帶你前去水榭，荷池在左
許是晚秋，暗香飄忽
蓮花早在去歲枯萎，內務太監
在三更後都累了陸續睡了
你拿著皇帝的密詔
找袁世凱與榮祿
下雪了，無聲的雪：忐忑
初雪也是血
避衛戍，越杉林，直撲松蘿

剛踩在總督衙門的石階
霹靂拍啦，一排槍聲響起
你以跪安的恣態，撲地
「皇上……」，隨即嚥了氣

美麗的雪花鋪了一地

2014年2月20日

躁狂十四行

我翻身躍上五百cc的大型摩托車

在一條人煙稀少的道路上馳騁

去參加一個派對。我用我聽來仍年輕的聲音

演講,用稍稍沙啞但性感無比的聲音

歌唱。我揣測眾弟子徒眾

學藝已成,他們穿行於市集

如入無人之境。他們飆車,足以捲起風雲

帶來巨量的雨:拍啦拍啦拍啦……

我騎著五百cc的摩托車,在鏡頭前出現

又隱去,傾斜如醉,如此反覆三四次

用手比一個V字

告訴擁上來的群眾

象徵主義勝利……

然後絕塵而去

2014年2月22日

學童與棉花糖

學童衝出教室，去迎接
從遠處走來的棉花糖小販
他的膚色有點暗。噹噹噹……
離開懸掛國旗不遠的
古老銅鐘，被校工敲醒
它正在做夢，夢中有一少女
展開翅膀，飛過白色的教堂
噹噹噹……廟宇打開窗
陰霾使陽光顯得有點兒黯淡
知客僧合什迎接第一名香客
煙霧紛飛看不見佛的真相
學童的笑聲潮水似的淹沒草場
他們沒讀過海明威的戰地鐘聲
為傷逝而敲響。噹噹噹噹噹……
一輛救護車風馳電掣而過
其他汽車包括公共巴士
緊急靠邊站，它們甚至不敢拐彎
國旗飄揚，團結便是力量
放學那一刻便不是囚徒
稚幼的學童追求的是
一棒粉紅如夢的棉花糖

2014年3月18日

雨中前去會晤夏目漱石

在驟雨中出發，車子
徐徐經過斯里八達嶺，掃雨器
左右晃搖，外面的世界迷濛
夏目漱石和他的妻鏡子
瞬間出現又不見再重現，暈眩
無關乎英國文學研究，無關乎
一九零零年，倫敦市的馬糞與煤煙

錯過了下午茶與蛋糕，在城邦書局
遇上了，太宰治與芥川龍之介
忍著胃痛之苦，在風雨中
手足冰冷的折磨
聽夏目漱石的貓批評時政
與百年之後
再露爪牙的軍國主義

2014年4月26日，周六，記事

符號學者的遭遇

衣冠楚楚，他是那種在兩天的
研討會換兩襲大衣的
符號學者。銀髮。沉著。自信。
從數碼到語碼
到二戰中途島上的祕密通道
他娓娓道來，通俗風趣
在卡爾維諾的
看不見的城市裡
他看見忽必烈的攻擊訊號
瞭解馬可波羅的搜奇嗜好
他的演講有板有眼，中規中矩

一名女生赤裸走上講台
彎身，獻花，遞過來一杯溫水
仿似受驚的小兔，他遽然踣倒
垂懸的奶子，符號釋放的能量
使他震動，驚悸
他脫掉大衣，在冷颯颯的
風中

飛奔回書房，重新思考
思考：靜態的標誌
與動態的具體之間的
差異

2014年4月9日

袁枚古典散文眉批

袁子才七十九歲與洪稚存，云：「枚帶眼鏡已二十
多年，須臾不離。今春在西湖桃莊，偶然去之，大
覺清爽，因而試之燈下，亦頗瞭然。故特寫蠅頭，
上污英盼。似此老童，倘到黔中應童子試，學台大
人其肯賞一枝芹菜否？」

袁枚（1716-1797）原文摘錄。

袁子才，乾隆四年進士，任縣令
七年政績頗著，仕途崎嶇
文章跌宕起伏，是另一種
崎嶇：調侃別人，調侃
自己，人間遊戲
駢文嚴謹，古文隨意
無礙性靈流露，冷然的天機

是的：情趣，奇趣，生機
眼鏡戴久了，反而看不清
風火水土構成的天地
萬物有情，此情有待成追憶
仕途就像隨園那般隨意
墨瀋未乾，橫幅甫掛
天清月明，華燈初上

秀才舉人進士，名銜而已
局紳爵士，比一枝芹菜還要虛
袁枚玩尺牘遊戲，早在周夢蝶
寫悶葫蘆日記。比夏宇，更古早
不在乎，不經意，聲東擊西
顛覆桐城，挑逗兩百年後的
東西方後現代主義

2014年6月7日

民國新詩史：奈米版

喜歡抒情善感的何其芳
不喜歡聞一多與朱湘
國家的改變從文學始，自語言
肇其端。聞一多在詩裡
議論國是，吶喊囂張
內容薄弱膚淺。朱湘一白到底
胡適的嘗試集，詩藝不高
影響，非同凡響
徐志摩的感情也是他的思想
這就很麻煩，他本來可以像
濟慈，提供中國性－浪漫主義
一個方向，為後人導航
林徽因，真摯委婉，啟發了
香港的徐速與力匡

一腳踩進卞之琳的橋上
橋下卻出現自己的蹤影
迷上李金髮的風景，跌入
文字與象徵的迷宮，英式法式
漢語奇詭，顛覆詩的思維，刷新
語言慣性，留下慢性疾病。戴望舒
用他殘損的手掌，排闥而出

擎著傘，用他不足一百首詩的能量
帶著大夥走進詩的巷陌
紀弦以煙斗響應，繼之於拐杖
綠原辛笛都善於田園，牧歌式
抒情，啟迪了，瘂弦的北方想像
余光中的江南情結與蓮的聯想

2014年5月25日

雷似痴　　作品

風暴

稍寒黃昏

整座冷寂的廟

瞧不見煙火

聞不到木魚聲

墻外一株孤松仰頭

無言

墻內眾菩薩禪定

　　　　　無語

滿天烏雲

向大地壓下

2014年3月25日

獨翔者

凌晨之旅

飛越時空，無際蒼穹

遠離星月

海洋深情招喚如

戀人溫暖懷抱

已厭倦寂寞浪跡天涯

不再猶豫不決，我

當機立斷

歇息

一隻

悠游自在的魚

2014年3月25日

讀史偶想一闋

闖入胡同

斑駁苔垢樓墻

默錄多少英雄遺蹟

度不出，日月星辰

苦苦追索，銅環深鎖殿堂

門前石獅風化，模糊

梆聲落魄，雨絲滴落

柳暗花明又一歧路

步不完階石，踏不盡濡濕

燈下展卷，苦研

昔日銅鑼響起，粉墨登場

梨園辛酸

2014年5月17日

聽松

漫步林中

松針散落

如雨絲

松濤一波翻過一波

強弱疾緩由風

掠過

山腰，霧聚雲湧

人世間

有夢，未曾醒

無憾，不需提

2014年2月18日

如果

如果，靈魂有重量
幾許淚，方能浮起
虛渺

如果，靈魂有聽覺
幾許擊鼓號角
方能敲醒消沉的毅力

如果靈魂有觸覺
幾許磨練，敲打錘鑿
才看到是非分明棱角

如果靈魂有味覺
幾許辛辣苦澀
輪迴人身是回首或搖手

一隻鳥，栖息在燈柱沉思

2014年3月28日

迷途

所有的霧浪蕩街頭

期待霓虹燈指引

突圍的車輛，各奔東西

星星遺失隱形眼鏡

眇不清，焦慮等待

遊子回鄉的眷屬

詩人節不買詩集不讀詩

翻閱完下午剛買的

和索羅斯一起走過的日子

夜未央，再續讀

貨幣戰爭（5）山雨欲來…

滿櫥詩集，封塵，窒息

2014年6月6日

山想

每一座山都有獨特臉譜

臉譜背後各有故事

故事蘊藏多少七情六慾

峰迴路轉，山川河嶽

綿綿不絕，牽掛

每一滴思念，驚動

天。地。

2014年5月28日

望山

遙瞻雪景，方悟夏蟲

歷盡百態人生敵不過疾風

擋不住寥落寂寞寒流

五千米高峰，

昏眩，不適，幻覺

桃花源，仙境，

觸手捉不住記憶

滇藏路顛簸期待

夢想成真

2014年5月30日

蛻變

困在燈火通明室內
透過琉璃，痴望
車水馬龍繁華世間
液晶屏幕，映著
高聳龐大塔影，
怵然。
咫尺天涯，那人，舒適的躺臥在我的膚！
渾然忘我

2014年6月3日

曇花

看不到黑暗的出口

正如無緣目睹你盛放的風采

破曉時刻

寒流，霧霾籠罩

唯一清醒的露珠

旁觀，無動於衷

望你……

燦爛、萎縮、凋零

一氣呵成，短暫

惟不枉此生的升華

2014年5月22日

程可欣　作品

真愛，棉花堡

永不融化的雪
陽光下閃爍著
刺眼的純潔

我知道你不是真的

如夢境美麗
如雲卷溫柔

愛情那東西不知何時
隨胃液湧上胸口

我知道你不是真的

如白雪乾淨
如醉意微醺

溫柔背後我觸摸到
長年累月的
冰冷
與僵硬

我知道你不是真的

如春陽溫暖
如思念流淌

卻不由自主相信
日與月輪替之間
真愛
曾經留連

2014年3月20日

下町，谷根千

春天來了嗎？
貓只懶洋洋
散步在寧靜町上
空氣依然冷冽
雖然，陽光努力溫暖

遇見一棵櫻花樹
雪白地滿開
趨前探訪，竟是
墓園的一點感傷

谷根千的午後
連風，也悠然
緩緩拂過路邊橘子樹
果香留連了整個下午

下町散步地圖
懶洋洋
像貓只，在老房子簷上
施施然
走過

2014年4月4日

目黑川，花見時光

目黑川旁
15度C，沒有陽光
櫻花樹列隊綻放，灑落
冬末的寒意
午後一路尋來
未午休的
築地壽司

那一年、那一天
未到四月天
生魚片遙牽思念
綠茶拌著溫暖
靜心品嘗
深海的新鮮呼吸
甜美如初戀
肆意挑逗味蕾

入口即溶的纏綿
不只來自深吻
胃裡，幸福如醇酒發酵
醉了一遍
又一遍

花瓣雨美麗不變
如初雪，輕拍臉龐
附在耳畔，悄聲說
讓我們乾杯，慶祝
花開花落
歲月無恙

2014年4月7日

阿姆斯特丹，聽不到的悲傷

我剛自梵谷的一生
走過來
尋不著星夜
傳說中的天旋地轉
卻見一瓶向日葵
黃澄澄大剌剌
偽裝愉悅明亮

割下耳朵，聽不到
悲傷，在夢裡
仿徨
呼喊

生命依舊繼續
白色杏花綻放
襯以藍天
大束大束地
迎接，一個新生

嬰兒的笑臉
感染不了夏天
紫色鳶尾花

等不到下個
春天

人生終於止步，於麥田
群鴉亂飛
哀號寂寥
哀號貧困
哀號
白忙一場的
靈魂

2014年4月8日

愛情遲暮

我愛你在後知後覺中
老掉牙的情懷
路霸般橫行
在心裡

思念是說不出口的靦腆
躡手躡腳
驕傲的貓悄悄行過
無聲無息

他們說愛情已經老死
墓碑上刻不出
逝者的名字
不願放棄的堅持

火花熄滅
死灰不復燃
墳前一棵雞蛋花樹
開得燦亮
獨自努力，撐起
一片藍天

2014年4月16日

紐約，想像中

谷歌地圖上

遊走於紐約市

酒店與酒店之間

三星、四星、五星

尋找一片栖息地

紐約長什麼樣子

中央公園有沒有鴿子

撲飛起一絲和平

我想起熱狗

芥末與番茄醬

毫無理由地糾纏

紐約長什麼樣子

時報廣場會否

張開懷抱

以最繁華的架勢

迎接最初的到來

百老匯唱出夜夜笙歌

幻想走過，燈火闌珊處

某歌劇的男主角

雙眸深情地
鎖住，一池春水

紐約到底長什麼樣子

2014年4月29日

depressed

風雨過後終於看清了

天空的顏色

偽善的蔚藍

擁抱殘餘的陽光

不要期待彩虹

世界其實只有黑白灰

不要相信神話

有時候神也自顧不暇

不要陶醉於讚美

那是魔鬼對人說的話

醫生說我患上憂鬱症

我只覺得人生無稽得

讓人嗤之以鼻

2014年5月25日

break through

你要我打破框框

我看見四面墙

精彩得讓人留戀留連

窗外風景有多美？

窗外世界比較好？

迷惑不解是我愚蠢的大腦

還是固執的靈魂？

好吧我就一鼓作氣往外衝

奔跑，比想像中容易

方向與風向糾纏

終點在我質疑的地方

那兒風景真的美？

那兒世界真的好？

我拼了命跑

把大腦和靈魂拋下

等它們追上

一切自有答案

2014年5月26日

今年端午

裏了人生中第一個
粽子，自媽媽的手勢
傳承幼時的
最美味

今年端午，我忘了
屈原，忘了
寫詩
翻折粽葉的手，沾滿
油膩的糯米
文學，彷彿已遠去
曾經的詩意
浮沉在滾燙的沸水
煎熬

粽香飄出成熟時機
掰開粽子咬下
入口即溶的
是肥肉
不是詩

2014年6月1日

詩人節變節事件

六月六日，山上的寒意
有沒有暖一點？
記憶中蜿蜒如蟒蛇
顛簸如人生的
山路
在年少輕狂中只不過是
一陣暈眩，一番嘔吐
臉青唇白但熱情澎湃
那是我們寫詩、追夢
的日子

夢，彷彿在不遠處
擺出天長地久的深情
夢，彷彿觸手可及
明天、後天、以後、將來
我們會一直相愛
歲月卻知道
山盟海誓原來是個惡作劇
不懂哪一天開始
我們漸行漸遠
忘了對方，忘了寫詩，忘了

山嵐中許下的
承諾

六月六日，沒有忘記詩人節
我的愛，卻在油鹽柴米中
變了節

2014年6月6日

鄭 月 蕾

作 品

趕路的鴒子

晨起
鴒子在窗外
為了懷念仲夏五月的傳說
不辭千山萬水
趕一程路
把詩送上
滴滴咕咕
吵翻整個上午

午後
一陣驟雨
薔薇花瓣隨風
墜落陽臺
不驚動你我
竟把晚春趕走

向晚
路上的行人慵慵懶懶
趕路的車子匆匆忙忙
我無心　瀏覽窗外
一邊讀詩一邊思考
艾略特的波浪理論

失語的黃昏

忽然思念你

在一個欲雨不雨的黃昏

這現象從不曾浮現……

新年剛過二十天

一切正值百鳥爭鳴，百花

齊放的春天

我還在努力為你築夢呢！

相信你也期待

春暖花開，五福臨門

甚至為遠方的一朵小花

寄語深深

新年剛過二十天

屋外的黃花樹剛剛萌芽，還有

故鄉的金急雨，這時侯

想必也已開花

在為短暫而燦爛的春天綻放

有風來時，花朵

紛飛如雨美麗灑遍一地金黃

新年剛過二十天

而你的生日，剛好

也落在春天
那天走入你的屋子裡，竟發現
你的旅途
和夢想，還晾曬在衣架子上
還沒乾……
靜靜的停頓，在靜止的午間
一隻甲蟲飛進院子裡
一切都發生在春天

春天！為什麼要在春天？
卻又讓他跌落
在一個霧霾瀰漫
不帶一絲預警
的午間……

沒有一句遺言。

七里外的那隻蝴蝶

工作悶極

梅雨的午後讓時間變得懶散

喝杯下午茶吧

越過第七道

英國伯爵加兩片檸檬

和芝士蛋糕

七里外

一隻蝴蝶

繞過溫暖花坊

卻忘了為花香

停留

短訊一則

電話那頭傳來你厚實穩重的聲音

句句問好，聲聲

關懷；家事國事電視

我們無所不談

我向你報告財政預測、經濟分析、盈利稅務等等等等

我們談論詩的格調、布局、音律、形而上、形而

下、階段性改變…

閒話家常

一整個晚上

過後你傳來一則短訊說：

你的城市

下了整晚滂沱大雨

我這裡也下雨

whereas there are only some silent drops

輕輕的

微微的

在

窗

外

鯨魚的眼淚

讀完報告我半躺在沙發上

發呆。我只想看書睡覺隨便打發

時間，讓思維飄流

向沒有定位

方向。忙了一整天

思緒飄忽，早已掛在忽明忽暗的

觀點裡。現在

不想做飯，不想

塞車回家，不想

吃晚餐。都市生活忙碌

撲朔在前段故事不知何時開始

迷離音樂或者蔓延，或者

憂然停止

抽象的畫面複製復複製

在寒冬的極南

鯨魚在南極哀歌

哭泣。人類的貪婪

導致生物百態無所適從

北方國家過度的發展

十年開發得須千年

修補。新聞報導

鯨魚的眼淚
一滴
一滴⋯⋯落在海洋的
中央

漫遊福德宮

韓國故宮

佇立於繁忙大道旁

沒有巍峨高樓，但見

紅墻綠瓦

越過一扇門，我踏了進去

跟著導遊，聽她

講解我看得懂，比她快的文字

以蝴蝶翩翩於花叢之姿

我穿梭所有宮殿

嘗試感受

後宮六院，有人

嘩眾取寵，有人

悔入宮門。

金鑾大殿，區區十來個大臣

如何勾心鬥角，卻振振有詞決定

芸芸眾生疾苦問題之餘，中飽私囊

經過御花園　唯一

讓我稍稍盤桓

留連，靜觀的是

樓閣水榭

想起妳的故事
我的亭台

風過不留痕

潛默　作品

終站

如果命運裡只設一個終站

那一站必定飄浮著非理性的隱喻

靈魂隨隱喻猛烈搖晃

斷崖黑淵必堵死四方

而隱喻一跨步就能立竿見影

即使劫後，還有餘生

前面仍是一條直通死亡的導航線

在芸芸眾生裡

你是一個被緊緊抓住的靈魂

無主地隨激烈撞擊而粉碎

追蹤未完成的隱喻

以為命運可以從明喻裡翻盤

籌碼加大，以致殺生成仁

後有餘生的一點微光

卻渾然不覺循軌道往前猛烈一撞

去向仍然對著已經鎖定

最後必須完成劫數的那一個終站

2012年12月12日

紅高粱

從不歇手的風，左右搖盪
紅紅的雲天紅紅的地
如酩酊裡遍灑的心情
以愛慕以鄉土，包攬

從不歇手的風，風裡搖盪著歌兒
粗獷塗滿沙塵的手
數個圈子的旋轉，幾把臥地的高粱
以愛慕以紅紅的高粱酒
揮灑一天一地，紅裡熟透的野性

雲隨時轉移方向，風不停搖盪
柔柔的手裡有紅塵裡的愛戀
愛那鄉土愛那紅紅的高粱酒
愛那野地裡一雙救贖的粗手
風裡也想噤聲，那聲音卻來自心底

當槍聲從鬼子的道上一路蹂躪
高粱地裡高粱驀然垂下地
槍桿子裡的魔手把鄉土搖撼
一種異味，從殷紅裡出擊
遠遠就迷蒙了一地的酒氣

從不歇手的風，風裡搖盪不歇的粗手

是好漢就該在風裡豪飲，飲一地紅紅的高粱酒

從唇邊沾到地，到高高凸起的高粱地

對著槍杆子，對著紅紅的雲天紅紅的地

放任風裡不歇的豪情

奶奶在風裡騎鶴往西南歸去

爺爺在日影西斜裡，站成

一片永不褪色的高粱地

2012年10月23日

註：《紅高粱》是張藝謀的電影，根據莫言小說改編，
　　整部片子背景染紅一片，透著濃濃的鄉土氣息。
　　紅，來自喜氣；紅，來自高粱酒；紅，也來自鬼子
　　槍杆底下流淌的血液。《紅高粱》娓娓道出一個你
　　畢生難忘的原鄉故事，裡面有粗獷的愛，有殷紅的
　　血液，有默默流下的眼淚。

太陽有耳

有耳，未必就能沐浴仙樂
那些故意製造的樂聲，披上幻想外衣
用來鎖住一個失意的靈魂
女人，畢竟渴望擁抱精神的溫床

有耳，卻碰撞流溢的高熱
樂聲隨時隨地熔解
畢竟超高的熱量，殺傷力可就地取材
人性如赤裸裸的槍彈
在野性的男人胸腔變為土霸

有耳，不如有目更好
必能在超高明亮的視野中
把人與人之間照個玲瓏剔透
活埋與亂彈都是同一碼子事
男人狂野的釋放
頓如失控的太陽

絕境裡，有一絲浮游的人性
從近乎沉溺中甦醒
即使成形的胎兒緊緊扣著血脉
不願失去耳朵的

願意與多重的眼睛合作

把沉醉的樂聲從聽覺中完全剔除

2012年11月3日

註：電影《太陽有耳》，是嚴浩的作品。背景由濃濃的
　　鄉野鋪延，全片對話少，描述的是窮凶極惡的土匪
　　強佔良家婦女的故事。

銅雀台

是誰投下大石掀起巨浪

讓一個美侖美奐的銅雀台把浪隱藏

用表面的堂皇掩蓋心底暗藏的慾望

千層浪將會捲起於萬無一失時候

是誰把長長的釣竿揚起

對著掙扎的魚兒放下魚餌

且讓製造釣竿與提供魚餌的人

處心積慮編排自家垂釣的節日

是誰把多年的苦練最後化為權威身邊的影子

考驗耐心與時機

埋藏的長相思才是最大的煎熬

日夜還在尋找該不該下手完成的大任

是誰把一腔報仇的熱血植入最終目標

讓滿懷的情意與任務區分一清二楚

最後關頭卻放棄最初念頭

把一個情字與關愛推向高峰

是誰坐不穩江山裡搖擺的椅子

千種無奈悲唱理還亂的愁緒

（溯洄從之，道阻且長。溯游從之……）

挾天子啊哪能忍一時的風平浪靜

退一步啊便成了自家歷史裡的罪人

射鹿的大手緊抓屬天子的弓箭
獵物歸主人也給霸氣與霸道作證

是誰投下大石掀起巨浪
美侖美奐的表面撒播的是一種假像
（溯洄從之，道阻且躋。溯游從之……）

2013年2月3日

註：《銅雀台》被《亞洲周刊》選為2012年10大中文電
　　影之一。情色權謀融為一爐，拍得頗為不俗，尤其欣
　　賞飾演曹丕的演員，戲分不多，表現卻非常搶眼。

向日葵

向陽的花色在童年裡零落

護衛的園丁忙著給花瓣調色

一條一條的細紋都是幾經改造

放在自己的模子裡就是楷模

青年時的戀情在火車的啟程中

換上一幕無奈的景象

魚雁往來守不住密封的瓶蓋

園丁嚴格的審視把外向的陽光遮擋

雲雨孕育的果子葬在

沒有名字的墓志銘內

等向陽的光照亮園地

與園丁互不相讓的隔膜

依然隔在自小就修築的厚墻外

山外沒有山，人外沒有人

怨憤只對著

唯一最靠近的焦點

把傾斜的兩代情

沒遮攔地排泄

或許，一個新生命的誕生

可以改變陽光的去向

園丁也可以給花瓣

重新調加不一樣的色彩

2012年11月26日

註：《向日葵》為大陸名導演張楊的作品，故事描述一
　　個執拗兼私心重的父親如何憑一己之意嚴格教育自
　　己的孩子，而孩子又如何不順從以致造成兩代之間
　　屢屢發生嚴重衝突，再加上夫妻之間不同的人生
　　觀，道盡了這個北京胡同裡普通家庭同代及兩代人
　　之間數十年的悲歡離合。電影背景貫穿七、八以及
　　九十年代，觀眾可以一覽這期間中國人生活與思想
　　的一些變化。

白宮末日

沒有比白宮更美國的信仰
如老天安排的機遇與巧合
從天而降的肌腱與智勇
都是重重破關的訣竅
重複大美國主義的戲法
帽子般衝破槍林彈雨
以獨人獨球轟然一聲
踢翻一個個龍門

沒有比白宮更白的純白
襯托一個大美國的夢境
肌腱勃勃突發奇想
槍彈如雨紛紛把眼睛推移
讓出一個絕大的空間裝入
打不死的英雄氣概
在所有人間世俗裡稱霸

如斯說，不是空前
也不是絕後，因為變換戲法
如舊酒裝入新瓶
醇香是假造的誘惑
點點滴滴以虛偽架空真實

飛機大炮、密碼核武

把最後一秒的緊張，化為

你我胸中的一片空無

2013年11月12日

註：《白宮末日》*White House Down*又是一部主要彰顯
　　大美國主義的電影，與Olympus Has Fallen的故事
　　大同小異，用意大致也一樣。不過前者故事較為複
　　雜，多一層到最後才揭曉的懸疑，可說稍微「好看」
　　一點。而本片劇情安排男主角的年幼女兒也陷身險
　　境，壓迫父女親情，多少增加了影片的可觀性。

雪國列車

革命在車尾廂，沿著饑不擇食的軌道

外面的天寒地凍冷眼旁觀17年

列車承載車頭的統治

雪啊雪，永遠降落在車尾

那一條路，窄窄的路，每一道門

守著17年的命運，門上印著

比溫室效應生存下更高的機率

當世界延伸到一個小小的車頭

生態系統裡放縱的人性如魚得水

雪花一樣飄飛的心情，比窗外寧靜

寧靜中有潛伏的暴風溫情提醒

提醒沉睡的外在已緩緩甦醒

雪國，在車廂裡凝聚，不是酣睡中獅子

而是命運擺布的靈魂一層層挖出雪塊

以血染的雙手，以17年的等待

即使一列一列斷截，不再銜接

外面緩緩飄飛的雪花，必乘隙取暖

殘碎的車廂在北極熊的眼裡

比雪地覓食更懷有希望的光彩

2014年4月30日

註：《雪國列車》*Snowpiercer*是2014年不容錯過的科
幻電影。導演是韓國人奉俊昊。劇情描述世界各國
發射代號CW-7的冷凍劑以克服溫室效應帶來的災
難，誰知卻弄巧反挫，地球竟陷入極度嚴寒的必死
之境，極少數人類成功登上一列由威爾福德設計的
永動火車，日以繼夜在雪地上奔馳。住在車尾廂的
低等乘客，過著受壓迫和挨餓生活，曾多次起來反
抗但都失敗。而這一次有領袖才能的柯蒂斯帶領之
下，一層層破門而入……影片內容仿如末世論，劇
終前又仿如混沌世界的開始，從車廂裡爬出的一男
一女，不就是阿當和夏娃嗎？

冰雪奇緣

踏雪無痕
冰雪艾莎的心血痕遍布
從加冕的皇宮拖徙至……
把白茫茫一點存在與否的意念
交給隔絕
交給一種自以為仍然純白的活葬

安娜的歌聲一路踏雪而來
為解凍曾經的童年
在千尋的冰封道上碰撞
把一層層的風雪撥開，一條
唯一的一條通往心靈的路向
用消融的雪水洗滌

而冰封包裹裡
原來，有一團火
暖暖地燒著

2014年3月28日

註：《冰雪奇緣》Frozen是迪斯尼出品的動畫片，獲86
　　屆奧斯卡電影金像獎最佳動畫片獎。故事描述公主
　　艾莎為冰封魔咒所困，在加冕之日由於受刺激而導
　　致王國被冰雪覆蓋。妹妹安娜為了尋找失蹤的姐
　　姐，展開一幕幕驚險奇幻之旅。影片穿插許多悅耳
　　的歌曲，令聞者動情。

夢宅詭影

夢，遊走於佛洛伊德的潛意識
現實猶如四堵密封的玻璃
是人影也是幻象
虛幻與真實，某處暗藏玄機

曾經的愛與溫暖，溫熱每一角落
已消失的仍舊存在
而已存在的繼續在虛幻與真實中探索
一點的蛛絲與馬跡
可以把天涯之間連線

死亡並不是永遠的結局
曾經的夢曾經的理想曾經的信賴
可以協助打開死亡的窗口
透視生死一線牽的一個缺口
那裡有真相要追查的細節

一個一個片斷的記憶
鄰居的女人更加熟悉
曾經如此熟絡如此瞭解
可以把走過的足跡重新翻開
記憶裡的檔案逐步擊敗現實的判斷

也許必須火焚後一切才能大白

人間最溫情的一刻可以重現

家庭的團聚可以如現實般上演

夢一般的宅第詭影幢幢

燒成灰的罪孽背後

是一次圓滿的告白

2012年9月5日

註：《夢宅詭影》*Dream House*是一部集心理、懸疑、
　　犯罪元素於一爐的驚悚影片。片子從頭到尾成功營
　　造詭異的氛圍，可惜劇情結束得太過突兀，欠缺說
　　服力。無論如何，它仍是一部值得一看的電影。

神探愛倫坡：黑鴉凶殺案

小說的誘惑呼喚烏鴉現形
案發現場總留下文字的放大鏡
真實的場景，血跡張口說話
從虛擬到現實，一定有一個
可測知的距離

距離繼續可以縮減
在作者與疑犯之間
在疑犯和受困的目標之間
時間與死亡
往往彼此追逐

沒有再下一個目標
因為目標必須鎖定在作者身上
以自己作為魚餌
作為死亡的箭靶
犧牲一人，千人可解疑團

黑鴉心懷永遠的失落
邪惡從試探與實驗中尋覓
一瞬間的滿足
與心中仰慕的人搭肩

深入他思想的谷底

暗殺他的靈魂

文字，是最好的殺手

2012年9月15日

註：《神探愛倫坡：黑鴉凶殺案》*The Raven*氣氛詭異，
　　步步驚心。殺人者迷戀殺人故事，把虛擬當真實重
　　現，影片充滿文字製造出來的血腥，氣味有異尋
　　常，劇情雖有犯駁之處，整體仍值得一看。

戴 大 偉

作 品

那一天我們一起看房子去

故事的開始是這樣的

某人在海邊放了汽球

兩個詩人走過

沿著咖啡杯子繞了幾圈

停在海豚跳水的台前

聽風

堆砌一座演奏廳的藍圖

詩人甲

「我狂想安置一座鋼琴的承諾。」

「那將是故事第二章的開場！」

於是

一切和風　都沉睡去

只有詩人的心跳　噗通　噗通

依然醒著

血液流過左手的無名指

滴在第一章的句號上

染紅了黃昏的海外天際

汽球飄過夕陽的祝福

兩個詩人

躺在詩裡⋯

2014年2月15日

溫柔的短暫

不就有那麼一次

我們在漆黑的電影情節中

探索愛情的路

你重複又重複的定義著

鬱香的意味

花謝的坦然

承諾的黯默

永恆的脆弱

我轉過頭來低聲對你說

冷嗎？

離開接吻的時差只零點一秒

太遠

無法分辨

太近

足以燎原

沒有燃燒的灼熱

卻不能停止迸發

溫柔的火花

你我在黑暗中對視

眼神中閃爍著星空下

最燦爛的
──短暫

2014年3月10日

醒來（你走後）

陽光沿著紗簾的弧腰

醒來

在房間遊移

尋找影子的碎屑

昨夜畫展歸來

滿室低八度囈語

夢中　邱比特迷失

畫中　巷口的微暈…

繞過咖啡

煙香睏在灰燼

和承諾了星期一的背包旅行

小狗斜睨昨天的樹影婆娑

從杯底接過

清醒的叮嚀

將最後一滴想念的癮

飲盡，才看清

百葉窗簾前的曇花

退色成了一封訣別的短訊

「回來吧！」

貓彎下腰想輕吻自己
影子轉過頭來
是第九十九個
你的幻影

2014年5月8日

冬至

把每片綠葉　每朵花蕾　每個春曉萌的夢芽
都託付冬天　去辜負
只餘下奄奄一息　饑渴的枝丫
依舊掙扎伸向你的藍天
妄圖輕撫那飄逸過嘴角
不肯脫下潮濕外衣的
雲　煙…

2014年5月10日

你走後的下午

路過巷口商店購了把傘

天黑暗的午後

驟雨在我的胸膛

你已不在了

買來徒然

只想撐一個周末下午

撐起勇敢，像荷葉般

想為它找些雨滴

為影子找回自己…

2014年5月10日

夢裡不知…

離開的過客走

下樓的

腳步聲，是一首哀歌

陽光隨著上午的思路

爬上二樓

醉意　自客人的外衣抖落

房客的貓已清醒

留下的房客走

上樓的腳步

是一灘低沉無聲的

碎影

陽光隨著下午的睡意

爬下粉紅嫩腮

過客留下的煙灰，仍在

麗的呼聲裡　滾盪

房客安靜的御妝

一樁艷濃的心事

擱在牆角的蜘蛛網

鏡中椅上，半躺的常客

不小心
傾倒了一壺淡然

窗外
夜的狐媚偷偷醒來⋯

2014年5月6日

關於這次放逐旅行

整個上午
他質問行李箱裡的沙和日曆
雙腳要學習聽信鞋的歡呼
還是影子的疲勞？
雨燕依舊選擇
一幢房子砌成的安全意識
抑或皈依流浪的實質？
寂寞城市崇拜愛情的亢奮
還是麵包的鬆軟？
風濕的雙膝對拐杖說，
「昨天對我太認真
我不想對明天太坦誠。」

地鐵開進窪坑那刻
有架飛機割破烏雲層，由下而上
離心出走的本能
撐住雨季與躊躇
由上而下，如攀牆的野花
從萬劫不復的病房越獄
和這末世的初夢一起沉溺

食指按下ENTER…
「現在人人就都能飛翔」
整個下午
他和Rayban在冥想
太陽傘下，一杯熱帶果汁和一枚藍色折紙太陽傘…

2014年5月30日

鬍子樓的黃昏

燈泡讀著初醒的詩

詩吮吸著玫瑰的眼神

你呷著拉鐵

我細嚼著你的暗香

晚風微凉

淺抹過落地玻璃

順著斜陽

偷窺一眼愛情的地下莖

葉子在二樓花盆低呼

空氣濃郁得像夢想

貓在暈黃裡打盹

紫雯走了過來

又走了過去

你抬起頭望望夕陽外

望穿了我的秋水

速寫了一樁心事

2014年3月5日

仙人掌

面向太陽的時候

影子躺在後方，哀嘆

時間的光太強烈

偷竊了黑的空間　和

向日葵的羞澀

只能架起墨鏡，立一株荊刺的命運

太硬的保護膜

滋潤不了唯美的傷

愛意　包扎痴狂

背光的時候影子在前方

光源太遠

記憶把影子拉得太長

望不見寂寞蒸發的地平線

天空太靠近

把夜和心都照得太亮

弦月誤讀我作浮雲

我卻是沙漠

需要一座燃燒的星空

冷靜

夜晚太宿命

消滅了流浪的信仰

下一季的斷腸

我將化妝成一口地下井

澈底透明

繼續流放…

2014年6月2日

風與樹

誰向天空的傷口撒了一撮暮色
一撮塵埃的淒涼
攔成枝丫上的牽掛
撥弄今生每一吋無常
今世每一根飄柔的柳髮

風是誰，撩遍千山
藉落紅留住步伐
在枯葉散步的密徑
想嗅一嗅初戀與情恨的分別
不經意捕獲死神吻著誰的掠影
捕住了帶不去的咽哽
喉間那朵承諾
手中那束白菊

誰捉緊枝間的花香
想留住留不住的
春光，如秋末最後一場柔情
飄過，太匆匆
來不及揮手
來不及回首

來不及燒一壺愛情的溫暖
來不及，就已立成一株守候

多情的誰已在山外
痴情的誰仍在土中

2014年6月10日

謝川成　作品

愛情廣場

早起讀詩

你的身影如窗外的空氣

清新

是你送我的新衣

我拿起紅筆

在詩裡畫上一條線

我們在中間

線的兩端成為相擁的一點

愛情是不顧一切

恐怖分子在造案

核能危機潛伏

大氣層受損

金融系統崩潰

外在的不安不是情人的事

我們以最乾爽的空氣

點燃一卷無題詩

別管那無端五十弦的錦瑟

此情正待去銘記

一座愛情廣場

血和性是支柱

智慧是它的內容

時間駐足觀賞

那一幕驚天動地的舌戰

旭陽

正照在我手裡的你

戀愛轉角

戀愛進展到一個轉角

就是抉擇的時候

請允許我深研學問

完成自我

你肯原諒我嗎？

你的心

是枯樹上的鷹眼

銳利而堅持

我是獵物

無所遁形

狂風吹來

驟雨忽至

我用獨身主義

維護貴族的尊嚴

逍遙王國

燃盡一黃昏寂寞

圓月高照，眾星微笑

逍遙王國關上城門

聽說城外有錯失

所有夢想流入萬囁的地底

我們立下唯一的法令

嚴禁外界資訊入境

兩顆心靈構成的王國

柔絲下垂

眼神灼熱

黑暗中

雙臂交纏觸電

燃成熾熱中帶溫煦的火焰

同居

扁舟獨航總不比雙舟並進

並進的雙舟始終向著一個方向

那方向

是煙酒的故鄉

漫卷詩書我們旅行去吧

一人開飯總不比兩人共眠

共眠的人始終情話不盡

不盡的情話

是現實的避風港

接吻愛撫我們做愛去吧

請原諒我拒演新人的角色

愛情就是不能有銅臭

喜鵲對唱

無需鴉雀和鳴

空山新雨

雨前的陰霾何必顧慮

關於山的詩

我要向你們

朗誦一首關於山的詩

一首，山鳥

被月出驚醒

而後逸失在宇宙蒼茫的詩

好像石落水中

漣漪之後

平靜如夜的一首詩

一首清風微涼

以陽光溫暖的手掌

安撫波濤

以重溫舊夢的心情

再次啃讀教學理論

詮釋山城之音的詩

一首被山的盛情

山雀的熱情

山花的柔情

網成蝶蛹後蛻變的詩

我要

向你們

朗誦一首

一首新雨之後

十月不可思議的藍空

蒼老如昨日

年輕如明日

如蝴蝶展示彩衣

思維為意

段落為象的詩

一首置於課堂、操場、圖書館及大禮堂

逐漸茁壯

而後被萬名石醫

日琢夜磨

以山色為題

供社會長期品味

又令眾人嘩然的詩

山裡山外

萬山無語
而笑聲與怨聲
從山裡傳到山外
只為快快從畫中下來
留下教學規範與規模

歲月是一葉輕舟
不曾訴說什麼
猛一回頭
流逝的青春永遠是
那永不回顧的黃鶴

看山
你乃相忘於江湖的山雀
山雀的心情是怎樣的呢
不妨抓一把沙石
揚向迎面而來的風

山在回顧
二十四個月的山中修為
壓縮成一紙文憑
山裡，忙碌磨亮了智慧

山外，信念催促你早日

……早日傳遞香火

山中書

如果山是凝固的波浪（註）
海是生長生命的廣場
我們是山雀，總是啾啾
是來往的風帆，總是匆匆

海在山外，滔滔海濤
山在綠裡，幽幽山秀
山外的海動盪，如江湖
綠裡的山寧靜，如太古

海與山之間，啾啾與匆匆之間
一匹時間的快馬
載著熱忱
追趕正在抬頭的旭陽

註：「山是凝固的波浪」乃鄭愁予詩句，不敢掠美。

訪一季春意盎然的山色

（一）

訪問山雨
一夜的雨聲把歸期寫在盛唐的詩裡
季節嬗變
春意整冠，直奔你的心田
意圖明顯如燭光，星光熠熠
盎然的春意凝成一部小小的歷史
然後你我相聚
天涯千里縮成一個全圓的鏡子
山雨無語
色彩奪人的春意
只留住葉上那幾滴雨露

（二）

色身是色彩物質的總匯
四大假合的蜃樓
山中的隱士啊，誰是你心目中的大善知識
你設計美好的今生
盎然的春意是否依然，來世
意料中與意料外的世事，如泡沫，如閃電
春色亦然
季季如虹

一如人生，色彩斑斕
夢幻泡影

人生二題

之一：立志篇

如果人生是杯酒

讓我注入多種不同的酒液

匯成經驗之舟

輕輕

泛於大海

立志遠航

航向自始至終永不更改的定點終站

追逐遙不可及的太陽

以夸父精神

無悔無怨

如果人生是雲空

讓我坐在黃鶴翅膀

將心藏於岳雲

讓孤雲獨守天邊

伺機摘取萬丈彩虹

大志如弦上的箭

壯士有時也梧桐細雨

小大為美

不緩不急

寒霜，練箭的好地方

讓我的雲心鶴性

從酒杯衝向雲空

如鴻鵠高舉

之二：理想篇

理想是心靈的燈塔

劃著生命之舟

航向狂暴的海洋

驚濤，裂岸

心堅如鋼

內心的殿堂永遠有一面鏡子

反射燈塔之亮光

理想是天上的星星

閃爍不定

讓我以摘星者的情懷

順著風向

駛向那燃燒的夢土

夢土，如畫如花如寶殿
我的心是那不凋松柏
嚴冬，不能阻止堅韌的生命力
星光閃爍
豈不是理想的呼喚

藍啟元

作品

錯覺

誤以為是安逸恬靜的農村景致
誤以為，是炊煙
遠望迷蒙，近看朦朧
風清氣朗的城都披上了霧簾
地平線上山河變色
不設限

藍天還在，看不到藍天
樹木青葱依舊，難見綠樹杜鵑
同樣無國界
本地煙竟恰似進口煙
屋前屋後揮之不去
嗆鼻帶鹹

2014年4月11日

無關膚色

熟讀光譜中的斑斕

色彩，小手抓小手

笑聲驅趕寒意

汗水蒸發隔閡

我們掌紋交疊，互換

身分，不介懷墻角的

怨懟，指隙間的

不安，拒絕魚唇張合喋喋不休

群魚與謊言游竄

憧憬沒有包袱的壯麗河山

跨越家園、田野

隨時為彩虹

換妝，遺忘特徵

巨輪來時，我們換一個姿勢

讓掌紋繞過高墻，穿越

大街小巷，讓它數說身世

過濾刺耳喧嘩

讓它調色，揭開

面紗背後的

骯髒

我們選擇保持清醒

緊握雙手，虔誠擁抱

不可知的未來，儘管

視線外

色彩分明的旗幟

仍然

高掛

2014年4月12日

訣別（一）

我聽出咽哽。啜泣來自另一端

無法形容喑啞的摧心與哀傷

唯一的囑咐：速回

我立即停止尋找

滋養的需要

支撐的需要

失禁的需要

終極治療的需要

車身顛簸一路震盪都說

不需要了不需要了不需要⋯⋯

陰鬱的午後我趕上最後的告別

2014年4月13日

訣別（二）

曾哀嘆所謂機率

掙扎、抱怨、控訴，曾想

放棄。歷史該記這一筆

你挺直的背脊撐起一堵墻

遮擋風雨陰霾，用溫柔

撫慰幼小的心靈，用雙手

拭乾親人的眼淚

都熬過了。八年抗爭

終究要掉隊

終究無力

再次舉起，優雅的

手勢

子夜時分，佛號南無，我低聲相送

2014年4月13日

紅綠燈

坐鎮十字路口，我瞪眼震懾

八方，時或紅眼怒目

時或低眉傳遞橙色

警示，不問身分階級

眾獸匍匐

唬唬低鳴

俯首臣服

蜿蜒如蟻群

身披盔甲的車陣

日夜流動不息，依序

探索，我瞳人深處閃動的

光暈，沒有綠影

不能行

2014年4月30日

臨終關懷

靈性掏空後

藥物主宰軀殼

開始迷戀白色權威

在不知名的點滴裡

尋找依靠

請結束爭吵

當生命只剩下尊嚴

別再販賣手術刀

招徠電療

與化療

配套

2014年5月3日

招貼

交通指示牌上縱橫交錯

商業貸款個人借貸貼

借一百給一百貼

月帳專家貼…

它入侵市中心商業區住宅區貼

電話亭巴士站是熱點貼

國能、電訊公司的路邊設施一片狼藉貼

只不過是一張紙

高架橋柱顯目標示貼

情趣用品無副作用貼

堅久不傷腎一粒見效貼

歡樂按摩三溫暖貼

如魅影潛伏，伺機出擊

店屋前門後巷墻角尋找空隙貼

沒人阻止沒人注意貼

鐘點女傭貼

徵聘女公關優厚入息貼

上門補習一人對一人安親陪讀貼

只是一張紙

日復一日你我避不開的惹目奇景貼

你撕我貼撕了又貼

礙眼刺目霸凌無限放大貼

荒誕肆虐執法無效貼

無奈年年月月

無奈…

貼

2014年5月24日

2014年衛塞印象

衛塞吉日映照心潮流

追求平安喜樂

祥和的早晨已一路車龍

朝向不遠處　金碧輝煌

泰式佛寺建築群高聳入雲

人群湧入……　四面八方

眼耳鼻舌身意

徐　徐　逼　近

如來我慈顏俯視

一排八尊托鉢佛像恬靜佇立

男女老幼列隊而過　銀角落鉢噹啷啷

回應布施機緣　響起善念嗎

看不透是即興演出　不肯定是否偽裝

當周遭都是嘉許的眼光

主殿裡僧伽誦經唱偈

梵音繞過大佛

繞過兩旁祈福的信徒

繞過銅盤裡的金鏈戒指　繞過

捧在手裡的鼓脹荷包

如來我低眉凝望
餘音裊裊⋯

殿前加蓋的帳篷裡　一手指天一手比地
黑白兩尊悉達多太子像眯眼微笑　眾生
輪　候　灌　沐

2014年5月30日

城市森林

警示牌擦身而過　靜言猶在

這一座深邃的鋼骨森林

誘人千方百計要進入　挖掘

渴望艷羨仰慕憧憬那可知不可知的

未來

枝丫縱橫　有路無路

你循聲探索水源

密葉遮天　有景沒景

你依小徑尋幽

穹下萬獸竄動…

有人迷途有人錯入岔道有人被襲擊

有人放棄有人絕望有人自戕

也有人　最後凱歌高奏

割　地　稱　王

同類筆直高傲的身影　孤單冷峻

我佇立街頭　熄燈前

環視整座惺忪未醒的森林

咀嚼整個夜晚的身世

2014年6月12日

讓愛永續經營

你說愛可以永續經營
嘴角掀起盈盈笑意
開了窗扉　卸了防禦
第一眼緣伊始已注定結局
真心灌溉觸動的香氣
填滿胸臆

層層相疊如夢似幻的日子
如電光劃過長空　璀璨亮麗
牽手呵護陪伴扶持
所有的奮鬥掙扎辛酸眼淚
大小環抱　都凝成
與子偕老的話語

漫漫長路左右都是感人的風景
歲月悠悠你遨游其中　穿梭
每一個花季
沒有任何事物被改變
沒有　遺棄

2014年6月14日

露凡 作品

不要給我一個中國結

請不要為我

在繩子上

打一個中國結

觸目驚心

紅彤彤的繩子

串著一塊冰涼的仿玉

幾顆半明半暗的小珠子

你打的結糾纏不清

無從解脫

這不是我刻意尋覓的結

線頭

早已剪斷

無力的三兩根斷線

經不起扭曲

你打的結

粗製濫造美感蕩然

不許硬生生塞在我手中

更不可

（摀鼻，你啊，張嘴即口氣沖天）

叫我Balik kampung！

2014年6月4日

伐木記

當年手心呵護帶回的果核

一路風雨無阻

飄洋過海

落戶門前的閨土

夢裡　搖身

挺立成一棵巍巍大樹

深綠裹著深綠

樹下坐禪

頓悟一樹的慈悲

當年憐愛有加掌上輕撫的種子

拔地而起一棵凜凜大樹

而我麻痺當初的感動

喀喇

斷木遍地

腰斬的樹身仍無知的散發香氣

驕陽下

圈圈年輪滲出淚水

痛啊痛

與我的淚光交錯

樹的感受我明白

飄洋過海

曾捧在手心的種子

與鳥雀的啁啾

蜜蜂的嗡嗡

蝴蝶的翩翩

深綠隨鋸木聲

依依……依依

——褪去

2014年6月6日

牙周刮治聯想

出門赴約

鏡前驚見

牙齒泛黃

食物留戀齒縫

牙籤無情刺戳哼哼

歲月齒上留下斑斑印記

轉黃

發黑

牙刷無力刷洗哼哼

日積月累厚實的牙垢

刮治潔淨前後上下哼哼

臼齒犬齒門齒

白如陶瓷

刮牙酸楚難消哼哼

還有高昂的手工費哼哼

任由醫者揮動不知名的利器大力擦拭牙間

閃閃發亮哼哼

炙炙聲無形鋒芒穿越肌膚敲打每一處神經末梢哼哼

變質的所謂友情哼哼

如變黃發黑的牙齒

像咖啡，紅酒和茶

污漬亦虛亦實掩蓋玉白琺琅質

揮之不去哼哼

質變的所謂友情哼哼

也該給予刮牙的洗禮哼哼

忍受酸楚和陣痛哼哼

重拾

純淨潔白哈哈

2014年6月9日

苦瓜

凌空懸掛

亮綠的苦瓜

耐心褶疊

起起落落

緊緊包裹苦口婆心

鮮紅的熱誠

深藏不露

我還未放近唇邊

它已先皺眉頭

我聽見無言的申述

不是人人都能吃苦！

雞蛋依偎

卻說這吃法太寒涼

無從知道

世態和苦瓜

那個更涼薄

苦瓜明理

深諳處事之道

渴望清心聰耳明目

鹹蛋苦瓜炒

客家釀苦瓜

或一碟

魚片燜苦瓜

切切

它禁錮所有不為人知的苦楚

留給自己

只有清晨的鳥雀

看透

苦瓜的真情

一啄瓢的鮮紅

汩汩

啊，

無以名狀的

甘甜！

2014年6月5日

詩與發燒

比起寫詩

發燒更簡單

凝視屋裡有序無序的物件

詩逐一呈現

忽而又碎成細片

測量發燒只需一支溫度計

一方濕冷的手帕

緊貼額上

夢裡讀他的詩

醒來寫我的長短句

退燒後

蠢動迷惑的句子

能不能馴服

成一首人人爭相傳誦的

詩？

2014年6月2日

紫藤

無需擔憂

中國東北寒地

半尺長的折枝飄洋過海

移植長夏赤道

抽芽長葉

無需懼怕

屏障

莖蔓蜿延屈曲層層疊疊繞纏

無需擔憂

層層花蕊風中搖曳蔚藍蒼穹下

無需擔憂

這兒不是野心施展之地

其實　藤蘿沒有過多需索

一個角落　幾滴露水

無需擔憂

無需嘲笑

難以判斷也許木槿較易生存

風雨驕陽

驕陽風雨

紅艷艷的木槿

藏身

密實的紫藤架下

陶醉於一串串閃亮傾瀉的紫
渾然忘我

2014年6月10日

Teluk Rubiah, Sitiawan, Perak 2013-201……

我夢見

靠海的地方

樹林離家不遠

小徑兩旁，豬籠草搖曳玲瓏纖維小瓶

餐風飲露

跑步時，一條眼鏡蛇受驚吐信探頭

我要不要和它跳恰恰

後來，我只細聲道hello

我夢見，夢見很久以前的地方

海水發黑

樹木碎屑遍地

豬籠草垂下焦黃葉片

驚恐的枝丫失去記憶

我的黃鸝和八哥

不知所蹤

我看到，看到

鋼鐵廠鋼鐵的身軀橫空而起

太古的熱帶雨林讓路

無以歸類的物種讓路

飛鳥走獸更不可不讓路

我看見，只在夢裡

湛藍藍深邃的天空

青翠的竹林

昂首挺胸的眼鏡蛇

在山胡姬旁

領來一隻小野豬

回來跳恰恰

我夢見

它極度恐懼發著顫

和我一樣彷徨

同時做著同樣淒滄的夢

看著

混濁的海水越離越遠

越離越遠

2014年6月11日

曇花

她什麼都不種

只愛種曇花

喜歡聽花瓣悄悄綻開的聲音

靜謐的夜晚那朵曇花碩大如碗

美麗的雪花顫顫啟開如釋重負

容顏比她蒼白

體態相對豐滿

黝黑的天空

流星劃過

花何時寂寞萎謝她不知道

清晨起來驚悸花已凋零

留下無言可喻的感嘆

她撥弄長髮

眼角浮現晶瑩的淚光

她為疲憊的曇花憂傷

昨天從醫院回來

醫生說：有個瘤，很棘手

2014年6月12日

代跋／讓我們一起織夢去

李宗舜

天狼星詩社成立於一九七三年，全盛時期有十大分社，社友遍布全馬而且文學活動頻仍，影響大馬文壇深遠。數十年來這股旋風持續，為馬華文學立下了標竿。

四十一年過去了，天狼星詩社留下的文學遺產不斷引起研究馬華文學的學者的青睞和目光，詩社於國內現代文學運動的相激相盪，詩集——作品文本——的研究，成果已稍具規模。除個人出版品，還有一九七九年出版的《天狼星詩選》，也提供文學評論界十分有用的研究素材。

光陰荏苒，那些昔日勇於創作創新的天狼星詩歌舵手，是否還在長期筆耕，為這一塊文學沃土繼續灌溉，生長奇花異卉，綻放更大的光芒？為跨越世紀的馬華文學留下更具有高度和深度的文學遺產？

基於此，《眾星喧嘩——天狼星詩作精選》的出版是經過冗長討論及研議，並對其可行性與難度作出探討後的破冰之旅，工程可謂艱鉅。我們認為詩精選之籌編時機成熟。自一九七九年以降，經歷了時空的轉換，二十五年再次出版選集，跨越四分之一個世紀，當可挖掘更多的成熟作品另顯風貌，有別於《天狼星詩選》。其困難處在於，縱觀《天狼星詩選》作者

群三十七家，幾乎有百分八十的詩人都因各種理由，處於熄火停工，封筆多年的安逸狀態。年齡也從昔日的年少輕狂，過度到中年的「八風吹不動」。當然停筆多年，重新提筆創作談何容易！而後期的社員來不及入選《天狼星詩選》，《眾星喧嘩——天狼星詩作精選》之編撰，正好彌補了這一缺憾。

如果這本精選所出現的詩作風貌依舊，沒有新銳和多元的創作，這本選集的付梓面世意義不大。這個瓶頸就在前面，我們必須在內容、形式、技巧有所突破和突圍，方能成事。

慶幸的是，社長溫任平於二零一四年二月開始在網路上進行「詩的教育」，不但培育了許多有潛力的新秀寫作人才，連昔日詩社停滯多年的詩人如藍啟元、張樹林、洪錦坤、林秋月、雷似痴、風客、程可欣、謝川成、鄭月蕾、游以飄、陳明發、陳鐘銘等受到激勵而紛紛重拾詩筆，揮灑沉澱的情懷，重新出發，以詩心見證不朽，與新人同臺粉墨登場，撞擊更多撩人的火花，幾乎二十家詩人均棄舊作而選新稿。

個人多年來的努力筆耕，始終如一，與繆思不棄不離，網路及臉書開闢「每日一詩」及現行的「五日一詩」，意志鮮明，無非為了在這塊非中文世界的貧瘠土地上，另覓新境。如果這樣做無意中感染了一些寫作人，那是意外之喜。真的，詩人是不會寂寞的。

感謝書中二十家詩人在短短的一個月提供了詩作，讓這部詩精選得以順利付梓出版。

2014年6月16日

附錄

藝術操守與文化理想
──《天狼星詩選》（一九七九年出版）序文

溫任平

（一）

　　天狼星詩社崛起於一九六七年，成立於一九七三年，它的活動如果自七十年代肇始算起，迄今已近十載，今年是一九七九年，也就是說，今年是馬華現代詩踏上二十周歲的一個極富意義與紀念性的年份。根據艾略特的說法，二十年可以蔚為文學史上的一個時期，在這期間內，往往可以窺出文學史上的某種潮流或風尚。因此，《天狼星詩選》選在這個年份出版，意義應該是雙重的：其一它是為這個文學時期的結束添一註腳，為馬華現代詩的二十歲誕辰獻上一束心香；其二它也為另一個二十年，另一個文學時期的啟幕吹起了號角，替年輕一代的詩人打打氣，因為新生代必須要抖擻精神，去承接前行代遞過來的棒子，踏上另一段歷史的征程。

　　回溯詩社成立之初，我們並沒有提出什麼宣言或口號，更沒有提供一套基本創作理論，或文學信條一類的東西。但天狼星詩社，就馬華文壇為背景來說，仍然近乎一個文學派別，最少它給人的印象是如此。因為我們反對文壇上流行的文學工具論，不贊同「文學只是階級意識的反映」那種一偏之見，更不接受「文學即宣傳」這類別有用心的論調，我們認為文學固

然應該寫實，但寫實的方式實在不必拘泥於現實主義乃至於自然主義那種對於事物表面的摹仿與紀錄式的報導。寫實至少有兩個層次：一個是外在的，一個是內在的。前者是現象的，後者是心理的。我們認為唯有兼顧人的外在環境及這外在環境於人內心所引起的種種心理反應，才能做到真正的寫實，至少是深入的寫實。現實主義乃至於自然主義的作者群由於只注意外在事實的鋪陳，他們的寫實乃止於膚淺，無法更進一步，更深一層去探觸生命的本質以至於人生的真相。我們也覺察到服膺上述主義的作者群，他們在大力挖掘社會的黑暗面的同時，卻忽略了社會的光明面，換言之，他們反映的只是社會的一角，而非社會的全貌，這種反映，如果仍能稱作「反映」的話，是不周全的，是患上嚴重缺陷的。我們難以忍受充斥於報刊的作品那種公式化的主題與人物造型：窮人都是樸實善良的，富人都是醜惡貪婪的，知識分子都是軟弱無能的，他們永遠比不上工農那般果敢有力，這樣的處理顯然不切合現實人生甚至社會實況，因此這些作品是現實人生，社會實況的扭曲。我們的審察是，這種扭曲乃出自作者的蓄意經營，為的是讓它符合某個思想框框或某一條文藝路線。根據我們的認知，人性的善惡欲求，是超越階級的，在實際的人生裡，我們看到窮人也如富者一樣，他們之間有好有壞，良莠不齊；而工農也和知識分子一樣，他們當中有果斷剛毅的，也有猶疑疲弱的，以階級來判別或鑒定好壞忠奸實在荒謬不過。天狼星詩社雖然迄今都未曾提出過什麼文學主張，但它的興起一開始就採取一種不與當前的文學風尚附和甚至妥協的態度。這使得天狼星詩社的立場頗為

「前衛」，姿勢甚見「反動」，而被斥為標新立異。

　　事實上，天狼星並不如許多人想像得那般「前衛」。我們鼓吹文學上的現代主義，但現代主義大概自五十年代末（五九年開始）即陸陸續續地被介紹進來馬華文壇，在天狼星之前有蕉風、海天、荒原、銀星等團體在它們的刊物上登載與推介現代主義的理論與作品，因此現代主義於此時此地並非由天狼星詩社首倡。只是除了蕉風之外，海天、荒原、銀星等文藝團體壽命均極短，不能發揮它們長遠的影響。天狼星詩社在某個意義上是繼承與接續這些早夭的團體的未完成使命，冀望能做一些實際的工作去普及文學教育，使更多人認識到、接觸到文學藝術的真諦。而我們所大力推動的現代主義，並不特別推崇二十世紀以降歐美及其他各國的某些新興的文學思潮，正確地說，我們所推動的是廣義的兼容並蓄的現代主義。我們創立天狼星詩社之初，更關心的毋寧是如何才能在這一片文學的荊莽闖出一條路來。是的，我們是看不起當前虛有其表，虛張聲勢的所謂現實主義，惟同時我們也清楚口誅筆伐並無濟於事，只有拿出自己的作品來，拿出比現實主義作者群更結實的作品來，才能完成這場不流血的文學革命。如果說現實主義堆積了一大堆書目而浸浸乎成了某種文學傳統，我們有勇氣向這傳統挑戰，因為決定文學價值的是質而非量，一大堆魚目比不上一粒小小的珍珠。我們重視文學傳統，但是一個傳統如果老大腐朽，窒滯不前，則必須給它以充分的刺激，使它重新恢復活力。我們決定交出作品來，並以我們作品的分量，逼使這個傳統重新調整它的秩序來容納新的組成因素。

這個文學傳統的老大腐朽，窒滯不前，可以從它的蕭規曹隨，步步依循五四新文學乃至於三十年代的餘緒看得出來。五四已經過去了超過半個世紀了，可是我們的作者今日寫的仍然是五四的新詩，五四的散文，五四的小說。我們的新詩仍停留在「我手寫我口」的白話詩的層次裡，聞一多、艾青、馮至、臧克家、劉大白諸家是本地詩作者摹仿學習的對象，詩壇的整個表現根本無法逾越何其芳、徐志摩所劃下的雷池一步。至於散文方面，則唯朱自清、冰心等馬首是瞻，在我們的散文作者心目中，像〈背影〉、〈寄小讀者〉一類的作品簡直就成了白話散文的模範。談到小說，那是馬華文學各項文類當中，除了戲劇之外，最弱的一環。馬華文壇在小說，尤其是短篇小說方面的產量雖然頗為可觀，但這些小說極大部分素質不高，馬華小說作者，就算是最出色的幾個，與魯迅、巴金、茅盾、沈從文等五四時期小說家是完全無法比較的，他們之間的藝術造詣相去不可以道里計。馬華文學傳統便是那樣一個半死不活的局面。整個馬華文學氣候是陰暗的，沉滯的，缺乏創造的活力與蓬勃的生機的。

我們也瞭解客觀環境圍限了馬華文學的生長，在我們對一個文學傳統作出價值的估衡時，我們不可能無視於產生這傳統的時空背景及它的客觀條件。在感情上，也許我們會不忍深責馬華作家，因為我們深知馬華作家的確是在欠缺天時地利人和的情況下從事創作的，不過當我們預備就某個時期的文學表現作出某種價值性的估衡時，我們只能評鑑客觀的成果，不能感情用事，更不能為「但求過得去就算啦」這種姑息的心理

所蔽，大家都常常提說馬華文學的處境艱苦，但請不要忘記當年新文學草創之際，所面對的問題、困難絕不下於此時此地的馬華文學，雖然彼此遭遇到的難題障礙的性質不盡相同。我們不要忘記五四時期的中國作家是在使用一種未經琢磨，尚待磨練的白話文字，一邊去探討新的主題，一邊去探索新的表現方式，相較之下，馬華作家這方面是省便了許多，最低限度，我們有了前車之鑒，不再至少是不該犯上前人在語言文字的試驗過程中的一些粗疏疵誤。五四的作家可說是在一種前無古人的脫序狀態下摸索嘗試，在這方面，馬華作家有幸可將前輩的經驗視為自身的借鏡，進一步說，白話文學一開始就被視為異端，斥為狂妄，為舊派文人所圍剿，客觀環境條件何嘗有利？我們的作家如果盡把自己表現的不逮推諉於外在條件如何如何，這樣的藉口，雖然頗可博得別人的同情，到頭來恐怕連自己也覺得有些自欺欺人吧。就我們所知，馬華文學之所以「數十年如一日」固然與客觀因素有關，但更具決定性的是我們的作家主觀的努力不夠，缺乏一種自覺自勵的精神有以致之。早期新文學作家富於創造的自覺，勇以試驗，通過大家主觀的努力終能不為客觀的環境所圍，而能奠下了某些基業，也拿出了一些成績來。而馬華文學的前行代以及今日的保守派則以守成為滿足，以效顰為創造，固步自封，自縛於五四及三四十年代的繭裡不思突破，文學的脉搏微弱無乃必然。我們不否認這個傳統的意義和重要性，但恕我們直言，它的意義和重要性是「歷史的」大於「藝術的」，它的文學價值實在遠遠遜於其文學史分量。我們的觀察是：馬華文學一直要等到現代主義被介

紹進來國內才露出第一線曙光。

（二）

　　我們對半個世紀以來的馬華文學傳統的審察已如上述，因為天狼星詩社一起步即採取獨立不群的姿態。所謂獨立不群並非孤芳自賞，更非鑽進象牙塔裡自鳴清高，而是堅決拒絕與舉國滔滔的文學濁流混淆一道。這股文學濁流至少有兩個可辨識的趨向：一為保守主義，這在上文已經約略交代過了；一為泛政治主義，把文學當作政治的附庸，把文學視為鬥爭的武器，「文學即宣傳」那類主張屬之，這在前面我們交待得不算清楚，由於這問題本身的敏感，不便詳論，反正大家都知道是怎麼一回事就夠了。我們的原則是不充當文學的保皇黨，緊抱住陳舊的老包袱不放，更不願服膺某方面的教條，成了「穿制服的藝術家」。我們不同意文學貴族化，一小撮人在吟風弄月，贈答酬唱那類的玩意兒，那樣的小圈子，我們完全沒有興趣參與，因為我們清楚貴族化即狹窄化，狹窄化的終點是死胡同。於此同時，我們對叫囂得頗為響亮動聽的口號「文學要大眾化」亦頗感懷疑，對這主張的可行性，我們的態度是有所保留的，因為文學大眾化即是文學世俗化，世俗化的結果是文學膚淺化，如果為了遷就大眾的趣味而把文學的格調降低，那又何異於媚俗？那豈非得不償失？為此，我們的態度是審慎的，我們不想才開步走，便從一個偏差墮入另一個偏差去。僅僅獨立不群只能使自己免於隨波逐流，這是不夠的，我們還得認清方向，主動去開闢出一條路來。作為拓荒者必需具備的朝氣、銳

氣和勇氣,我們庶幾兼備。換句話說,我們是在認清自己與估計了自己的能力後,才邁步向前的。

我們採取的步驟是多方面的,首先是發掘與栽培新人,繼之是文學知識的灌輸與文學創作的訓練。知識的灌輸與創作的訓練可說是同步進行,不分先後的,我們認為,徒有文學的常識甚至專門知識,只是抽象概念的汲取,只有真正從事實際的創作,才能使觀念具體化,以人來比喻,文學知識猶似有助於骨胳強健的鈣,而文學作品的血肉軀體需要一付良好有力的骨胳支持。文學的知識可來自書籍的閱讀,或別人的指導點醒,及大家在一起時的共同切磋。就這面向,我們在社內展開的活動如後:

我們舉辦專題演講,召開文學座談會、研討會,並安排在一些聚會上分組辯論文學性的課題。先談專題演講。這方面的活動多由社內創作經驗較豐富,對理論有相當認識的成員主持。所講述的題目包括文學藝術的,美學的,心理學的,甚至文化學方面的,所涉及的文類包括詩、散文、小說、戲劇及文學評論。我們的探討雖較著重於文學原理與藝術思潮的介紹,美學上的形式與結構的闡述,但是對弗洛伊德、容格等人的學說於文學的影響,文學作為文化的一環、文學在文化格局裡所扮演的角色等問題均曾觸及,雖然由於我們學識所限,探觸的程度談不上深入,但這種演講對於甫入門的年輕作者其啟導效用卻是相當大的,從而為新秀奠下必要的基礎。

至於文學座談會與研討會,前者為非定期活動,後者則為定期性的每個月一次的活動。文學座談先有主催人擬定題

目，再找個場所聚面，讓大家發表意見。這樣的座談，出席人數從五、六人到十數人不等，座談會的記錄有些刊登在社員編輯的手抄本或油印本上，像討論張樹林的小說〈陰天〉的座談會記錄曾刊七六年四月油印出版的《綠流》第十二期。有些座談記錄投去國內的報章雜誌刊布出來，像溫任平主催的散文座談會便是發表在蕉風二四六期的（七三年八月號）。有些座談「動口不動手」，像今年三月於芙蓉召開那次，出席者計有張樹林、謝川成、陳俊鎮、川草、風客、葉錦來、藍雨亭、綠沙、亦筆（舒靈）、葉河，一共十人，陣容堪稱鼎盛，進行過程亦見精彩，只差事後沒有整理出來發表。對社員們自身而言，全力準備某個座談會，找資料，翻書本，充實自己，那比什麼都重要，過後是否要把座談的內容向外界披露，反而是次要的事。文學研討會的舉辦是近年來的事，確實地說，是自七八年以來才開始的更嚴格的訓練。因為每趟研討會都有兩位主講人，主講者是事先用抽籤方式選出來的，誰也不許推搪。主講人非但得講，還需提論文，這比座談會上輕描淡寫或浮光掠影式的談論，自然又要高出許多籌。兩位主講者的議題必需一致，唯雙方可用不同的角度探討同一議題，而這議題是主講的兩人自行商量後作出決定，再把決定通過秘書處，由秘書發函給各社員前來出席的。凡出席的社員，雖不用上臺演說，但卻必需發言說出自己的看法，這樣一來，出席者也需準備資料，而不純粹是前來作壁上觀，看他人現身說法而已。

　　最緊張熱烈的莫過於文學辯論會。由於辯論會人數多，規模較大，分成兩組之後，每組均超過十人，因此多半要在年底

的大聚會上才能舉行。辯論會上難免各逞機鋒，唇槍舌劍，你來我往，雙方常爭持到面紅耳赤。但那是為辯論而辯論，大家心裡都明白，因此敵我之勢僅限於辯論會進行時的局面，互不相讓也只是因為彼此在學理上被安排的位置相左。我們發現這種不傷和氣而又真刀真槍的口舌交鋒，對於急智的培養，口才的鍛鍊，尤其是臨場發言的勇氣的加強，收效最快最好。

其實座談會，研討會以及辯論會的舉辦，一方面固然是為了打好社員們的文學根底，另一方面我們也有一個附帶目的，就是希望籍此能訓練出一批能言善辯之士，能把自己的文學知識或文學觀點在大庭廣眾，眾目睽睽之下，鎮定從容地表達出來。我們覺得這不失為一種普及文學教育的辦法。文學教育極需普及，大眾於文學的品味需要提高，空喊「文學大眾化」不如做些實際的把文學帶向民間的工作，我們相信如果有更多的作者，願意把他們本身的創作經驗，他們對文學的認識用口說出來，讓其他人也能分享，這對整個文學運動的推廣一定大有稗助。文學教育的普及不可能一蹴即至，文學的推廣需要長遠的眼光，持之以恆地身體力行。一點一滴的成績都是值得珍惜的，多影響一個人喜愛詩，或更廣泛地說，欣賞文學，文學與社會的距離便拉近了一步，文學與大眾的聯繫便多扣緊了一環。我們抱歉的是我們的力量有限，不能貢獻出更多。文學教育就似薪火相傳，我們傳給你們，你們傳給他們，他們傳給更多的人，這是我們樂觀的信念。我們的座談會、辯論會的影響力或許微不足道，我們數十個人的心聲在馬華社會的偌大的廳堂上近乎渺不可聞，但我們是談了，辯了，也表達了，而且將

以此為職志，通過我們的作品，透過我們的言論繼續與廣大的群眾交談。

　　詩社的每一個聚會場合，我們都有朗誦詩，或自誦作品，或朗誦名家之作。我們覺得詩應該是可以誦讀的，而且可以利用音色的抑揚頓挫，感情的注入，使聽眾感動。我們雖然不認同可誦讀的詩一定比難誦讀的詩高明，有些思想性強，主題嚴肅的詩作往往不易在朗吟的瞬間，把它的內涵傳達給聽眾，但我們肯定一首可吟誦而又能引起共鳴的詩，一定不是一首意象駁雜、節奏拗口的作品，換句話說，它一定不是一首在文字上詰屈贅牙的詩。我們之那麼重視詩的朗誦，實在是希望社友們能憑籍自己的體驗去辨別那些才是文字節奏控馭適宜，文字的性質明朗清晰的詩作。我們並不需要訓誡大家不可走晦澀的窄門，為創作制定任何規律都難免矯枉過正，易生流弊，我們是提供機會讓社中同仁自覺地選擇他們的表現方式。迄今為止，超現實詩風，自動語言那種詭技，在詩社成員的作品中是絕少見到的。其實我們並不如許多人心目中那般前衛或激烈，我們在判斷了群眾缺乏品鑒力這個客觀的事實之後，我們採取的態度不是放棄、排斥，而是關注。在中文文化水準無論如何都不能算高的此時此地，如果我們只寫些深奧曖昧的詩，無異自絕於群眾。我們也明白「深奧」是藝術的美德之一，但深奧的期許似乎不是當前的急務。今日的急務是如何去縮短作者與讀者之間的鴻溝，我們最希望看到的現象是詩走向群眾，群眾也走向詩，兩造一齊開步走，這樣很快就能會師。我們不可能走媚俗的路線，以群眾的趣味為個人創作的準繩，但我們似無妨多

寫些雅俗共賞的詩,我們的看法是,可誦讀的詩該是雅俗共賞的一塊還算可靠的試金石。

詩社在七五年發行一套十二張的書籤,有藍啟元、殷建波(殷乘風)兩人負責繪圖設計,書籤的背面印有兩首詩,一張兩首,一打書籤加起來便有二十四首詩作,幾乎等於半部詩集了。由於書籤的面積有限,好些詩都不能盡錄,只能節錄部分。所節錄的詩句,往往是一首詩的精華所在,寥寥數行不但自身俱足(self-contained),抑且能構成一個完整的情境。這些詩作都是從社員們的作品中精選出來。在推廣現代詩運動這取向上,我們相信這是許多可行的途徑之一。書籤的購買者多為中學生或甫出校門到外工作的年輕人,大眾化的工作或許應該從可塑性非常大的年輕學子身上做起。書籤由天狼星出版社發售,反應令人鼓舞,蕉風月刊第二七二期(七五年十月號)的封面用的便是由書籤的幾張圖案所構成的設計。

(三)

我們的創作訓練是相當特殊的,有過一個時期,我們曾規定社員每月必須交上稿件若干篇,這對新進的年輕社員最為有用。稿都是逼出來的,寫作習慣的培養不是一朝一夕的事,我們不能讓大家坐待靈感,故此我們採取策勵的方式,要大家主動的去尋找寫作的題材。我們要破除「寫作是心血來潮的事」這個迷信,我們以為只要肯把自己神經觸鬚伸到外面的世界去,那兒便會傳過來許多複雜的感應,逼著自己去寫,去抒發出來。感性是越鍛鍊越活潑的,創造力是越發揮越豐沛的。我

們之所以強逼自己定期寫作，交稿，目的就是為了防範自己怠忽鬆懈，成了另一批馬華文壇上最常見的「不寫作的作家」。

時至今日，詩社已不再作上述這種強制性的規定，因為已沒有這需要，絕大部分的社友都能自動自發去寫，無需仰賴他人旁施壓力，詩社顯然已渡過了它的草創時期，進入一個較成熟的階段。如果說詩社有什麼值得驕傲的地方，那便是它的成員都是拿得出作品來的。詩社就像是一個家，它的成員自然而然互相督促勉勵，互相刺激著對方去寫，在那樣的文學氛圍下，要輟筆停工幾乎是不可能的。社員偶爾也會消沉，創作力也有來到一個plateau甚或走下坡的時候，但通過大家的關懷激勵，終能從蟄伏的或冬眠的狀態下甦醒過來，重新出發。

我們編壁報，出版手抄本，油印本，這不僅是另一種形式的創作訓練，也是一種毅力與信念的具體表現。像「振眉詩墻」、「藝林」、「綠流」等壁報，以週刊、月刊姿態出現，觀賞者往往只有十數人。手抄本如《綠洲》、《綠野》、《綠流》、《綠林》、《綠湖》、《綠島》、《綠原》、《綠叢》等期刊的出版，主編人得先把來稿重抄在原稿紙上，再配以標題及其他插畫設計，最後才裝訂成冊，整個抄寫、設計，裝訂的過程相當吃力，非常費時費事，而每次出版僅有一厚冊，雖有傳給文友們閱讀，仍無可能流傳迅速，讓更多人看到。油印本除了上述各種刊物，還有《綠園》，我們用的是蠟紙油印，在量的生產方面是一大改進，但所印亦不過百冊，分派給社員及其他文學界友好後，所剩便十分有限，因此它們所發揮的影響力與其說是對外的，毋寧是對內的。這些壁報、手抄本或油

印本期刊都逼著社員們源源提供稿件，這間接促使社友們不斷寫作。這種活動，更有一種微妙的內凝力，使得社員們之間因為作品的交流而達至了感情的交流，通過這些接觸交流，社員逐漸建立了對詩社的歸屬感。大家都清楚刊物是群策群力的成果，自然對這成果異常珍惜，就這樣，一種對於文學活動的參與感，或更基本地說，一種對於文學的責任感遂浸然成型。

在印刷發達的今日，以手抄、油印的方式來出版刊物，沒有一種知其不可為而為之的精神，是無法辦到的，所以賴瑞和在學報月刊第八六九期（七三年六月號）發表的一篇訪問記：〈一個神話王國：天狼星詩社〉曾說：「天狼星詩社是向外面的世界擺了一個『神話的姿勢』。」從現實的立場來看，天狼星不錯是在做著一些傻事，社員們省下零用錢，到外頭去擔任家教，把賺到的錢用來搞手抄本、油印本，從功利的角度來說，更是自討苦吃的愚行。但我們不是白日夢患者，我們深知我們所做的事情的意義。文學藝術不僅是我們的信念，更是我們的信仰，我們是以宗教家的虔誠，來從事我們的事業的。我們相信文學不僅是「不朽之盛事」，同時也是「經國之大業」，因為文學藝術乃是文化的高層表現，文學之興衰實在足以決定一時一地民族文化的興衰。文學是想像的結晶，智慧的清泉，我們希望這股清泉會慢慢滲入文化的各層面，並且「內部化」（internalised），加速文化各層面的「新陳代謝」，使整個文化體系在蛻變之後面目一新，成為更充實，也更有生命力的有機體。文學的功能不應止於文學本身，它更應延伸到文化的大格局裡，在那裡落地生根，也在那裡開花結果。也許有

人會說我們陳義過高，但是文化理想最終的目標必定是「止於至善」，就文化問題如果我們一開始就採取「低姿勢」，徒然局限了自己的視野與施展身手的餘地。讓我們再說一遍，我們的力量有限，我們的貢獻微小，但請允許我們一點一滴地去履踐吧。

我們一點都不敢傲滿，責任感，使命感煎迫著我們，我們的心理負擔是沉重的，我們的心情是惶恐的。我們對社員們的要求雖高，但既然作為一個文學團體，成員的素質難免參差，各人的創作水準難免有高低之別。如果我們徒有理想，而社員的整個表現平庸無奇，則理想云云只是可望不可即的幻覺而已。我們很自然地會想到如何去提高社員們的創作水平這問題。過去我們曾主辦過「唐宋八大家」一類的創作競賽，指定八位社員參加，每兩個月提呈一篇自認為最滿意的詩、散文或小說，由參加的社員共同討論批評，最後選出是屆的最佳作品。這種競爭效果良好，因為我們看到了不少優秀的創作，它們都是這群現代的「唐宋八大家」苦心經營出來的成果。這種競賽唯一的缺憾是人數只限八人，參與者人數有限。踏上七九年，我們決定擴大範圍，在社內舉辦詩、散文、小說的創作賽，並設評論獎，讓大家都能參與，也讓大家能在多種的文類裡發揮自己的潛能。

我們有這樣的計劃把這些創作與評論文章整理出來，或交給報章雜誌發表，或由天狼星出版社彙編成文集付梓。過去我們曾為一些刊物報章編過特輯，例如溫任平為香港純文學雙月刊編的「大馬詩人作品特輯」（七二年十月及十二月號），溫

瑞安為蕉風編的「小說評論特輯」（七三年二月號），以及黃海明、謝川成兩人近年先後在建國日報、大眾晚報、學報編的專輯及社員作品展，成績斐然。這樣的作品集體展，對社員的激勵作用是不待贅言的，這方面的工作宜乎多做，如果我們的經濟條件許可，能夠把這些作品彙編成冊付梓，那當然最好不過了。

（四）

詩社從創立到今天，一直不曾接受過任何形式的經濟援助。我們沒有後臺老闆，什麼都得靠自己。經濟的困難，使我們對外的活動面對不少障礙與困難。許多活動是無錢不行的，這是很俗氣的話，但指陳的卻是鐵一般的事實。每一念及在接受某方面的經濟支持後，就可能改變了我們的一些宗旨，甚至犧牲了我們的一部分初衷時，我們寧可選擇目前的創作自由，安貧樂道。

我們在七七年及七八年頒發的「大馬現代詩獎」，沒有現款，每位獲獎者只獲贈一面紀念獎牌。詩獎的價值當然不能用物質的尺度來衡量，假如我們的經濟能力充裕些，在頒發紀念牌的同時也能頒給數百元的現金獎勵，對獲獎者而言，欣喜該是雙重的吧。如何去突破眼前的經濟困境，而又能秉持我們不變的原則，是一個值得考慮的問題，但要我們為五斗米折腰，捐棄本來的理想，那是辦不到的事。

處於如此的經濟困境，我們也不完全是束手無策，毫無作為的。七四年十月，我們出版了《大馬詩選》，收入大馬二

十七位詩人的作品。我們的經濟能力既無法支付一部詩選的印費，我們便採取一種特殊的權宜措施：每位被選入的詩作者被促自付個人所占的版費。七八年我們又以同樣的方式出版《大馬新銳詩選》，收入馬華現代詩壇新生代二十三家詩。這兩部詩選從開始籌編到最後面世，期間歷時三載，延誤的原因主要是經費問題。但延遲是延遲了，書最後是成功問世了。看來，一個計劃的能否實現，經濟因素雖然重要，但毅力，持續力，主觀的努力應該是更具決定性的。

　　《大馬詩選》籌編於七一年，那時距離第一首現代詩的出現，已經超過十載了。而十年過去了，馬華文壇還不曾出現一部稍具規模的詩選，任由詩人的心血結晶散落在報屁股，雜誌角落蒙垢、被遺忘。詩選的編纂旨意即在為十多年的現代詩作一見證，留下歷史的痕跡。《大馬新銳詩選》的編纂用意亦然，它收入第一部詩選未曾選入的詩作者，在某個程度上，錄下了新銳的一群底心聲，記下了他們的表現。把這兩部詩選合起來看，除了可以看到這五十位詩人的個別表現外，還可發覺走在前面的一代與繼起的一代，他們之間在語言、文字、意象運用、技巧形式的某些差別與蛻變，換言之，讀者可從這兩部詩選的比較與辨識過程中隱隱感覺到詩史的延續意義，窺見現代詩近二十年來的縱切面底輪廓。作為一個詩社，我們具有這種歷史意識，覺得這是我們當然應該肩負起來的使命。基於同樣的認知，我們自七六年開始，每年於六月六日印刷出版一份《詩人節紀念特刊》。詩人節紀念的是中國的大詩人屈原，他堅貞不移的志節，他潔身自許的情操，是作為一個詩人，或

廣義地說，作為一個藝術工作者的精神典範。屈原是孤獨寂寞的，真正的藝術家莫不如是。他拒絕與世推移的道德勇氣是值得我們尊崇的，我們當前的社會是一個為科技文明，功利觀念所壟斷與籠罩的社會，我們身處的是一個價值系統變動劇烈的「危機時代」，我們要秉持我們對繆思的操守，對文學藝術的獻身精神，仍得向三閭大夫看齊。詩人節出版特刊，除了它本身的文化意義外，尚有自我鞭策之意。

七六年及七七年的詩人節紀念特刊均由張樹林主編，七八年的編務由沈穿心掌舵，今年的特刊則由謝川成、葉錦來負責編輯與印刷事務。

說起來，詩社成員在文學表現方面普遍地加強自己，那是在七六年才開始的事。七六年那年，我們以有限的財力出版了第一份詩人節紀念特刊，在文學的圈子裡也不約而同地「露了一手」，那年建國日報文藝副刊〈大漢山〉主辦「全國散文大比賽」，獲獎名單中詩社成員占了五人，他們是林秋月、沈穿心、藍薇、飄雲（鄭榮香）和朝浪，人數可觀。雖然在七六年詩社發生了一件非常不幸的事，那是溫瑞安、黃昏星、周清嘯、方娥真、殷建波、廖雁平等六人的退社，造成頗大的震撼。我們無意追述這件不愉快的事，的確，這件事的發生使我們的元氣大傷，詩社亦因此沉寂了一個短時期，但我們並沒有就此一蹶不振，關於這點，我們也不再作任何引據，擺在眼前的事實是最雄辯的。

（五）

　　天狼星詩社在馬華現代文學這二十年來的發展過程中，它曾扮演過什麼角色？它的歷史位置如何？在現代文學的建設及推廣方面，它的貢獻又怎樣？它未來還能發揮什麼功能或任務？這些都是很值得客觀地去探討的問題。而這工作最好由局外人──詩社以外的人──去做，這樣才能不偏不倚，客觀而中肯。我們是不見廬山真面目，只緣身在廬山中，有些情況由於距離太近反而看得不夠明晰。在這裡我們只記下社員在文學方面的特殊表現，寫下我們本來的宗旨與目標，以及一些已經告竣的工作或計劃，作為備考的資料。

　　先從這部《天狼星詩選》說起吧。詩選裡的三十多位作者，這數字占了全馬寫現代詩的新生代總人數當中一個非常可觀的巴仙率，一項保守的估計是如果沒有一半，也有三分之一強吧。因此他們今後的創作表現，對馬華詩壇的總表現，肯定的有相當程度的影響。而他們的影響或分量甚至在現在就可以多少感覺出來。去年出版的「大馬新銳詩獎」的二十三位新銳詩人當中，天狼星詩社的成員竟占十一人，幾占其半，而詩社於七七年及七八年度設「大馬現代詩獎」舉辦全國性的詩創作比賽，六位獲獎者當中，也有三位是詩社成員。七八年八月一日學報半月刊九三六期，何棨良先生在他的專欄提及當前有潛力「搖身一變為另一個Emily Dickinson」的五位年輕女詩人：冬竹、洪翔美、藍薇、林秋月、鄭榮香，其中四人為詩社同仁。《大馬新銳詩選》編輯人為天狼星成員，書也是由天狼星出版社出版，難免有人會聯想到編選時會不會有個人感情因

素參與其中，絕對公正及客觀標準的確難以確立。比較之下，
兩屆「大馬現代詩獎」作品的評審均由學有所專或詩名甚著的
非詩社人士擔任（他們是王潤華、楊升橋、淡瑩、梅淑貞四
人），我們把稿件寄給他們，為求公正及避免徇私，甚至把作
者的名字剪去，只列編號，故此林秋月、沈穿心、陳強華三人
的先後奪獎靠的是真功夫，而非僥幸。至於四位女社員的被譽
為「將來的成就，難以預料」，更是社外人士的客觀評價。從
第二項及第三項事例觀之，或可證明新銳詩選錄入天狼星成員
的近半數，相信不會是主編人偏私處理的結果。從這些實例看
來，如果我們說「天狼星詩選」裡的不少作者，有這個潛能成
為馬華詩壇第二代的中堅，這樣的話，我們有勇氣說，而且相
信還說得不亢不卑。

　　詩社的工作與宗旨在上文已扼要述及，歸納起來大致可分
下列數項：

　　1.繼承海天、荒原、銀星等刊物的未完成使命，繼續推廣
　　　弘揚現代文學。

　　2.栽培文學的新生代，盡可能獎掖提攜後進，為文學界提
　　　供新的血輪。

　　3.建立一種以文學藝術為事業與職志的生命信仰。

　　4.在文學界聳立一座不顧現實的考慮，孜孜於文學藝術的
　　　追求之典範。

　　5.在我們能力做到的範圍內，盡可能普及文學教育，使文
　　　學在文化格局中發揮更大的潛移默化的功能。

　　6.維護文學作為一門藝術的尊嚴。文學並非政治的附庸，

作家的任務不是充當某種政治教條的傳聲筒，而是客觀的、忠實的，全面而深入地去探究現實與人生。

天狼星出版社已印行的書籍，迄今為止，總共十冊，計為：

1. 《大馬詩選》（溫任平主編）

2. 《將軍令》（溫瑞安著）

3. 《大馬新銳詩選》（張樹林主編）

4. 《流放是一種傷》（溫任平著）

5. 《易水蕭蕭》（張樹林著）

6. 《眾生的神》（溫任平著）

7. 《橡膠樹的話》（藍啟元著）

8. 《傳統的延伸》（沈穿心著）

9. 《走不完的路》（風客等著）

10. 《千里雲和月》（張樹林著）

這部即將出版的《天狼星詩選》在出版總目上列號十一，是為天狼星的第十一部書。這些書當中竟有九部是詩集，在詩集普遍滯銷的今天，我們的虧蝕情況不難想像。正確數字，當然不足為外人道。還好我們出版詩集，本就不是為了賺錢，沒有這種僥幸的心理，這樣的「蝕本生意」，我們也就甘之若飴了。

細心的讀者也許會注意到天狼星的大量出書，是近年來的事。這是一個重要的覺醒。過去我們把太多的時間浪費在所謂「快意恩仇」，那些江湖上的紛爭，帶給詩社的是毀多於譽。一個文學組織就是一個文學組織，它不能與設有掌門、總堂主、掌刑堂堂主的江湖幫會涇渭不分。一個文學團體自有它的紀律與秩序，但它的賞罰制度不應與私會黨無異。與其把時

間人力用來耀武揚威，不如把同樣的時間人力用來搞我們的文學活動，搞好我們的出版。詩社能夠邁入目下這個較成熟的階段，實在付出了不少慘痛的代價。

我們也不預備在這兒提出什麼愛民族愛國家的口號，因為這樣做如果為的是嘩眾取寵，博取聲名，這樣的「愛國主義」徒然擾人耳目而已。默默地播種，默默地耕耘，就是為國家盡了本分。事實告訴我們，所謂愛民族愛國家這樣的話是很容易說的，去愛自己的鄰居（譬如說不干擾他們生活上的安寧），那就沒有那麼容易了。同理，愛整個中華文化的口號是很容易喊的，真正投身於此時此地的亟需灌溉的中華文化就不容易了。汲汲於名利，好高騖遠，絕不是有良知的作家所屑為的。

進一步引申：如果我們的作家一開始就把自己的文學當作是文化的私生子，那就沒有理由斥責友族否定我們土生土長的嫡系地位，與不承認我們的文學為國家文學的一環。「人必自侮而後人侮之」，這是顛撲不破的至理。不自我鄙薄，積極建立起我們對於自己的文學、文化的自尊與自信，應該是所有馬來西亞華裔作家、藝術家，知識分子的共同責任。這責任無比沉重，我們無力獨自承擔，但卻樂意從中分擔，從旁支持，與所有的有心人共勉。

我們願意以這本書，紀念那群曾經一度參與過這份神聖的承擔工作的朋友。

是為序。

一九七九年八月中旬

作者簡介

李宗舜

　　李宗舜，原名李鐘順，易名李宗順，筆名黃昏星。1954年生，祖籍廣東揭西。1974年赴台，曾就讀國立政治大學中文系。

　　馬來西亞天狼星詩社副社長。

　　1994任職馬來西亞留臺校友會聯合總會（簡稱留臺聯總）行政主任至今。

【著作年表】

（一）詩集：

1. 《兩岸燈火》（與周清嘯合集），臺北神州詩社，1978年

2. 《詩人的天空》代理員文摘（馬）有限公司，1993年

3. 《風的顏色》（與葉明合集），凡人創作坊，1995年

4. 《風依然狂烈》（與周清嘯、廖雁平合集），有人出版社，2010年

5. 《笨珍海岸》，臺北秀威資訊科技，2011年

6. 《逆風的年華》，有人出版社，2013年

7. 《李宗舜詩選1》，臺北秀威資訊科技，2014年

8. 《風夜趕路》，臺北秀威資訊科技，2014年

9. 《四月風雨》，有人出版社，2014年

（二）散文集：

1. 《歲月是憂歡的臉》（與周清嘯合集），高雄德馨室出

版社，1979年

2.《烏托邦幻滅王國》，臺北秀威資訊科技，2012年

3.《十月涼風》，臺北秀威資訊科技，2014年

（三）入選重要大系和選集

1.《大馬詩選》，天狼星詩社，1974年，溫任平主編

2.《馬華文學大系詩歌》（1）1965-1980。彩虹出版社、
馬華作家協會，2004年，何乃健主編

3.《馬華文學大系詩歌》（2）1981-1996。彩虹出版社、
馬華作家協會，2004年，沈鈞庭主編

4.《馬華新詩史讀本》（1957-2007），臺北萬卷樓圖書，
2010年，陳大為，鍾怡雯主編

5.《我們留臺那些年》，散文集，有人出版社，2014年，
張錦忠、黃錦樹及李宗舜主編

吳慶福

吳慶福，1972年生，祖籍福建閩侯。

怡保深齋商學院電腦系畢業，目前為私立補習中心負責人
兼導師。

林秋月

林秋月，原名林皓月，1960年生，祖籍廣東揭陽。

現任應新國民型華文小學第一副校長。加入天狼星詩社
多年。

曾獲76年建國日報主辦〈全國散文創作比賽〉佳作獎，76

年學報月刊主辦〈全國中學生創作比賽〉佳作獎，七七年天狼星詩社主辦〈大馬現代詩獎〉主獎。

作品收入《大馬新銳詩選》，1974年、《天狼星詩選》，1979年及《馬華文學選》

洪錦坤

洪錦坤，另有筆名洪而亮、洪心範。1956年生，祖籍廣東普寧。

曾就讀國立臺灣大學外文系。

現任甘露道出版社總編輯（2014年起）。

經營「勐海陳升茶業」台灣店，總經理。

經營「甘露道壺中妙境－中國工藝美術大師林靖崧紫砂壺藝術」中國、香港、馬來西亞辦事處代表。

詩作收入《大馬新銳詩選》，1978年、《天狼星詩選》，1979年。

目前（2007年起）正在編校恩師楊郁文老師著作《中華阿含辭典》。

風客

原名曾柏淞，另有筆名夏侯楚客。1957年生，祖籍廣東梅縣。

1979年入報界，在《建國日報》任新聞編輯，翌年（1980）赴法，迄今逾30載。

詩作收入《天狼星詩選》，1979年

陳明發

陳明發，另署亦筆、舒靈、陳楨等筆名。1958年生，祖籍廣東海豐。

馬來西亞文化創意產業網站《愛墾網》（www.iconada.tv）創辦人兼主編。

馬來西亞管理學院院士，澳大利亞阿德萊德國立南澳大學企管博士。

詩作曾收入《大馬新銳詩選》（1978）、《馬華文大系詩歌卷一，1965～1980》（2004）

詩評曾收入《馬華文學大系評論卷，1965～1980》（2004）

散文曾收入《南洋文藝1995散文年選～夢過飛魚》（1995）

陳鐘銘

1967年生，祖籍福建惠安。

馬來西亞天狼星詩社財政。

1988-1993年肄業於馬來西亞吉隆坡拉曼學院大學先修系&管理會計系。

馬來西亞人生規劃顧問。

SWM銘盟理財團隊創辦人兼主席。

1988-1993年：曾主編：拉曼文友散文合集《青青子衿》、星城文友散文合集《十五星圖》；推動出版拉曼學院華文學會年刊《種子的歌》、《長街歲月》、《鳳凰木燃燒的歲月》等。

1989-1993：曾獲多屆【馬來西亞大專文學獎】詩歌與散文組三甲獎項、第三屆新加坡【獅城扶輪文學獎】大專詩歌組

首獎等。

陳浩源

陳浩源，1970年生，祖籍廣東清遠。

前四十三年無詩，只在參加高中合唱團時機唱過大馬現代詩曲。

1993年畢業於臺灣國立中興大學外文系，外文研究所肄業，科技管理研究所碩士畢業。

曾經在臺灣的商業電臺擔任主持，1998年開始旅居上海參與多家中國大陸互聯網企業的創業與管理工作。

現任職於上海A股上市公司擔任高級副總裁兼首席運營官職務。2014年春天，經天狼星詩社社長溫任平先生鼓勵，加入詩社並開始嘗試寫詩至今。

張樹林

張樹林，1956年生，祖籍廣東普寧。

馬來西亞天狼星詩社秘書長。

詩作〈記憶的樹〉及〈易水蕭蕭〉收錄在〈驚喜的星光——天狼星現代詩曲集〉，作曲者：陳徽崇等

【得獎記錄】

檳城韓江中學校友會全國散文創作比賽季軍（1975）

天狼星詩社社員創作獎：詩獎（1979）

天狼星詩社社員創作獎：散文獎（1979）

馬華文化協會文學獎：詩獎（1980）

【著作年表】

（一）詩集：

《易水蕭蕭》，天狼星出版社，1979年

（二）散文集：

《千里雲和月》，天狼星出版社，1979年

（三）主編：

1.〈大馬新銳詩選〉，天狼星出版社，1978年

2.〈馬華文學選（第一輯：散文）〉，馬華文化協會

游以飄

游以飄，本名游俊豪。1970年生，祖籍廣東增城。

2002年新加坡國立大學東亞研究博士畢業，現為南洋理工大學中文系助理教授。

1995年與友人出版散文合集《十五星圖》。

【得獎記錄】

2005年新加坡金筆獎中文詩歌第二名：〈旅者五首〉

2001年馬來西亞星洲日報第四屆花蹤文學獎新詩佳作獎：〈地球儀〉

1997年馬來西亞星洲日報第四屆花蹤文學獎新詩首獎：〈南洋博物館〉

1995年馬來西亞星洲日報第三屆花蹤文學獎新詩首獎：〈乘搭「快樂」號火車〉

1995-1996年馬來西亞第十屆全國大專文學獎

詩歌組首獎：〈關於顏色與聲音的一日側寫〉

散文組首獎：〈寫樹〉

小說組次獎：〈尋星計劃〉

文學評論組次獎：〈存在測量器：試以存在主義解剖卡繆的小說《異鄉人》〉

1994-1995年馬來西亞第九屆全國大專文學獎

散文組首獎：〈生命圖像〉

小說組首獎：〈情牽〉

1994年馬來西亞第八屆全國大專文學獎

小說組優勝獎：〈今日和那日的陽光〉

1992年馬來西亞理科大學華文學會文學節創作獎

詩歌組亞軍：〈搖搖搖〉

1987年馬來西亞星洲日報與七喜汽水聯辦端午節詩歌創作比賽

高中組第一名：〈寫給屈原〉

黃建華

黃建華，1960年生，祖籍廣東番禺。

台灣國立交通大學土木工程系畢業。

1985年起於吉隆坡擔任土木工程師。2004年自營建築公司迄今。

馬來西亞紫藤文化企業集團董事、大將出版社董事。

馬來西亞雪蘭莪暨吉隆坡番禺會館副會長。

曾獲第一屆馬來西亞華文文學獎詩歌佳作獎（1989）。

著有詩集：《甘之若飴》（大將，1999）、《花。時間》

（大將，2004）。詩合集：《時代的聲音》（有人，2012）。

散文集：《如果只有一個晚上在吉隆坡》（大將，2010）。

溫任平

溫任平，1944年生，祖籍廣東梅縣。

馬來西亞天狼星詩社社長。

曾任馬來西亞華文作家協會研究主任，大馬華人文化協會語文文學組主任，推廣現代文學甚力。

曾於1981年與音樂家陳徽崇策劃國內第一張現代詩曲的唱片與卡帶《驚喜的星光》。

著有詩集《無弦琴》、《流放是一種傷》、《眾生的神》、《扇形地帶》（華巫雙語）、《戴著帽子思想》。

散文集《風雨飄搖的路》、《黃皮膚的月亮》。

評論集《人間煙火》、《精緻的鼎》、《文學觀察》、《文學。教育。文化》、《文化人的心事》、《靜中聽雷》。

《大馬詩選》主編，《馬華當代文學選》總編纂。作品被收錄進入《馬華當代文學大系》（1965-1996年）詩、散文、評論之部，詩與散文多篇被選國中、獨中華文科教材。

2010年獲頒第六屆馬來西亞華人文化獎。

雷似痴

雷似痴，原名雷金進。1958年生，祖籍福建南安。

馬來西亞天狼星詩社社員。

從商

著有詩集：《尋菊》，天狼星出版社，1981年

作品被編選入：

（一）《天狼星詩選》，天狼星出版社，1979年

（二）《1981年文選Antologi Sastera 1981（棕櫚文叢3）棕櫚出版社1983年

（三）《多變的繆思》天狼星中英巫詩選。天狼星出版社。1985年

程可欣

程可欣，原名程慧婷。1964年生，祖籍廣東中山。

馬大中文系碩士。

曾任馬來西亞國家公共行政學院講師，移動媒體集團子公司執行長。

【得獎記錄】

馬來西亞大專文學獎散文組第三名，1986年

全國嘉應散文獎佳作獎，1990年

南大校友會極短篇小說佳作獎，1990年

星洲日報花蹤文學獎兒童文學佳作獎，1999年

著有散文集：

1.《馬大湖邊的日子》文采出版社，1987年

2.《童真備忘錄》大將出版社，2000年

3.《童真備忘錄Too》蔓延出版社，2013年

鄭月蕾

1963年生，祖籍福建莆田。

吉隆坡精英大學金融與會計理學士。

現任職公司財務經理。

潛默

潛默，原名陳富興。1953年生，祖籍廣東臺山。

現任霹靂文藝研究會出版《清流》文學季刊主編。

詩作收入《馬華文學大系詩歌（二）》。

曾獲1978年檳城南大校友會主辦「全國文藝創作比賽」公開組詩歌獎第二名。

【著作年表】

（一）詩集：

　　1.《焚書記》天狼星詩社，1989年

　　2.《苦澀的早點》霹靂文藝研究會，2012年

　　3.《蝴蝶找到情人》霹靂文藝研究會，2014年

（二）綜合文集：

　　1.《煙火以外》出版社：無，1994年

（三）長篇小說：

　　1.《迷失10小時》霹靂文藝研究會，2012年

（四）譯作（中譯巫）：

　　1.《多變的繆思》天狼星詩社，1985年

　　2.《扇形地帶》千秋出版社，2000年

戴大偉

原名戴大偉。

1970年生，祖籍福建蒲田。

1994年畢業於馬來西亞檳城理科大學藥劑系。

現為藥劑師及生命教練。

謝川成

謝川成，原名謝成。1958年生，祖籍廣東新安。

馬來西亞天狼星詩社副秘書。

馬大中文系畢業生協會出版組主任，馬來亞大學漢語語言學系高級講師。

詩作〈雨簾〉收錄在〈驚喜的星光：天狼星現代詩曲集〉，作曲者：策劃：溫任平；指揮：陳徽崇等（1981）。

詩作〈音樂是多餘的喧囂〉收錄於唐祈主編：《中國新詩名篇鑒賞辭典》（成都：四川辭書出版社，1990）

【得獎記錄】

1.文學評論獎，馬來西亞華人文化協會，1983年

2.現代詩獎，馬來西亞華人文化協會，1987年

【著作年表】

（一）詩集：

1.《夜觀星象》天狼星出版社，1981年

（二）論文集：

1.《現代詩詮釋》，安順：天狼星出版社，1981年

2. 《現代詩心情》，吉隆坡：馬大中文系畢業生協會，
   2000年

3. 《謝川成的文學風景》，吉隆坡：馬大中文系畢業生協
   會，2000 年

藍啟元

藍啟元，原名畢元，1955年生，祖籍廣東花縣。

馬來西亞天狼星詩社副社長。

現任職華小校長。

作品收入《大馬詩選》，1974年、《天狼星詩選》，1979年

著有詩集《橡膠樹的話》，天狼星出版社，1979年

露凡

露凡，原名魏秀娣，1953年生，祖籍廣東東莞。

畢業於檳城斯里檳榔師訓學院。

曾服務教育界40年，為退休副校長。

現任霹靂州曼絨縣文友會理事及繪畫班主任。

秀詩人04　PG1213

眾星喧嘩
——天狼星詩作精選

總 編 輯 / 溫任平（天狼星詩社）
主　　編 / 李宗舜（天狼星詩社）
責任編輯 / 段松秀
圖文排版 / 楊家齊
封面設計 / 陳佩蓉

發 行 人 / 宋政坤
法律顧問 / 毛國樑　律師
出版發行 / 秀威資訊科技股份有限公司
　　　　　114台北市內湖區瑞光路76巷65號1樓
　　　　　電話：+886-2-2796-3638　傳真：+886-2-2796-1377
　　　　　http://www.showwe.com.tw
劃撥帳號 / 19563868　戶名：秀威資訊科技股份有限公司
　　　　　讀者服務信箱：service@showwe.com.tw
展售門市 / 國家書店（松江門市）
　　　　　104台北市中山區松江路209號1樓
　　　　　電話：+886-2-2518-0207　傳真：+886-2-2518-0778
網路訂購 / 秀威網路書店：http://www.bodbooks.com.tw
　　　　　國家網路書店：http://www.govbooks.com.tw

2014年9月　BOD一版
定價：430元
版權所有　翻印必究
本書如有缺頁、破損或裝訂錯誤，請寄回更換

國家圖書館出版品預行編目

眾星喧嘩：天狼星詩作精選 / 溫任平總編輯. --
　一版. -- 臺北市：秀威資訊科技, 2014.09
　　面；　公分. -- (語言文學類)
　BOD版
　ISBN 978-986-326-288-6 (平裝)

868.751　　　　　　　　　　103017050

讀者回函卡

感謝您購買本書,為提升服務品質,請填妥以下資料,將讀者回函卡直接寄回或傳真本公司,收到您的寶貴意見後,我們會收藏記錄及檢討,謝謝!如您需要了解本公司最新出版書目、購書優惠或企劃活動,歡迎您上網查詢或下載相關資料:http:// www.showwe.com.tw

您購買的書名:＿＿＿＿＿＿＿＿＿＿＿＿＿＿＿＿＿＿＿＿＿＿＿

出生日期:＿＿＿＿＿年＿＿＿＿＿月＿＿＿＿＿日

學歷:□高中 (含) 以下　　□大專　　□研究所 (含) 以上

職業:□製造業　□金融業　□資訊業　□軍警　□傳播業　□自由業
　　　□服務業　□公務員　□教職　　□學生　□家管　　□其它＿＿＿

購書地點:□網路書店　□實體書店　□書展　□郵購　□贈閱　□其他

您從何得知本書的消息?

　□網路書店　□實體書店　□網路搜尋　□電子報　□書訊　□雜誌
　□傳播媒體　□親友推薦　□網站推薦　□部落格　□其他＿＿＿＿＿

您對本書的評價:(請填代號　1.非常滿意　2.滿意　3.尚可　4.再改進)

　封面設計＿＿＿　版面編排＿＿＿　內容＿＿＿　文／譯筆＿＿＿　價格＿＿＿

讀完書後您覺得:

　□很有收穫　□有收穫　□收穫不多　□沒收穫

對我們的建議:＿＿＿＿＿＿＿＿＿＿＿＿＿＿＿＿＿＿＿＿＿＿＿

＿＿＿＿＿＿＿＿＿＿＿＿＿＿＿＿＿＿＿＿＿＿＿＿＿＿＿＿＿＿＿

＿＿＿＿＿＿＿＿＿＿＿＿＿＿＿＿＿＿＿＿＿＿＿＿＿＿＿＿＿＿＿

11466
台北市內湖區瑞光路 76 巷 65 號 1 樓

秀威資訊科技股份有限公司　　　收

　　　　　BOD 數位出版事業部

....

（請沿線對折寄回，謝謝！）

姓　　名：＿＿＿＿＿＿＿＿＿　年齡：＿＿＿＿　性別：□女　□男

郵遞區號：□□□□□

地　　址：＿＿＿＿＿＿＿＿＿＿＿＿＿＿＿＿＿＿＿＿＿＿

聯絡電話：(日) ＿＿＿＿＿＿＿＿＿＿　(夜) ＿＿＿＿＿＿＿＿＿＿

E - m a i l：＿＿＿＿＿＿＿＿＿＿＿＿＿＿＿＿＿＿＿＿＿